# 细数流年

黄 瑶◎著

远方出版社

**图书在版编目（CIP）数据**

细数流年 / 黄瑶著. -- 呼和浩特 : 远方出版社, 2024. 12. -- ISBN 978-7-5555-2124-2

Ⅰ. I267

中国国家版本馆 CIP 数据核字第 202492G5U4 号

**细数流年**

XISHU LIUNIAN

| | |
|---|---|
| **著　　者** | 黄　瑶 |
| **责任编辑** | 孟繁龙 |
| **版式设计** | 青年作家网 |
| **出版发行** | 远方出版社 |
| **社　　址** | 呼和浩特市乌兰察布东路 666 号　邮编 010010 |
| **电　　话** | （0471）2236473 总编室　2236460 发行部 |
| **经　　销** | 新华书店 |
| **印　　刷** | 河北晔盛亚印刷有限公司 |
| **开　　本** | 880 毫米×1230 毫米　1/32 |
| **字　　数** | 235 千 |
| **印　　张** | 12.25 |
| **版　　次** | 2024 年 12 月第 1 版 |
| **印　　次** | 2025 年 7 月第 1 次印刷 |
| **标准书号** | ISBN 978-7-5555-2124-2 |
| **定　　价** | 68.00 元 |

# 序一：青春笔触下的成长与蜕变

曾镇南

在这个纷繁复杂的世界里，每个人的生命轨迹都是独一无二的。黄瑶，这位出生于20世纪90年代末的文学创作者，以她细腻的笔触和真挚的情感，为我们描绘了一幅从幼儿园到大学毕业，跨越二十余年的成长画卷——《细数流年》。这本书，不仅是对她个人成长历程的记录，更是一部充满温情与智慧的文学佳作。

初读《细数流年》，或许会被其中拉杂散漫的内容所吸引：幼儿时的稚气趣事、小学阶段的天真活泼、中学时期的成长烦恼、大学时代的多彩生活……这些看似平常易见的经历，在黄瑶的笔下却焕发出了别样的光彩。她以诚恳直率的写作态度，将一次次生活事件娓娓道来，仿佛是在与读者进行一场心灵的对话。这种脱略形迹的描写方式，不仅让李逍遥这一主角形象跃然纸上，也让读者感受到了作者本人的热情与真诚。

黄瑶的写作风格，清新自然，不事雕琢。她善于从日常琐事中挖掘出深刻的内涵，用平实的语言描绘出动人的画面。在她的笔下，无论是童年的欢乐时光，还是青春期的懵懂情感，都被赋予了新的生命和意义。这种倾情而作的艺术笔调，使得《细数流年》不仅具有散文的抒情性，还融入了小说的叙事技巧，形成了一种独特的文学魅力。

尤为值得一提的是，黄瑶在塑造人物方面展现出了非凡的才华。她以敏锐的洞察力捕捉到了人物内心的微妙变化，通过细腻的心理描写和生动的对话展现出了人物的鲜明个性。李逍遥的独立与纠结、赵嘉楠的沉稳与谨重……这些人物形象栩栩如生，仿佛就在我们身边。尤其是李逍遥与赵嘉楠之间那段从中学时期的友情到大学毕业之后的爱情，更是让人为之动容。黄瑶巧妙地运用了“假其容貌，真其性格”的写作手法，使得这段两人的故事既具有浪漫情趣，又不失其真实性和深度。

此外，黄瑶还善于运用各种文学手法来增强作品的艺术效果。她巧妙地运用象征、隐喻等修辞手法来深化主题；通过插叙、倒叙来丰富作品的层次；又以细腻的环境描写烘托氛围、渲染情感。这些手法的运用不仅使得作品更加生动有趣，还让读者在阅读过程中获得了更加丰富的审美体验。

《细数流年》的成功不仅在于其内容的真实性和情感的真挚性，更在于其文学价值的独特性。黄瑶以她的妙悟式学习能力和对文学的忠忱追求，将一段段平常的生活经历转化为了一部部精彩的文学作品。她的创作不仅具有个人特点，也与时代精神相呼应。在这个快餐文学盛行的时代，《细数流年》如同一股清流般滋润着读者的心田。它提醒我们：真正的文学来源于生活而又高于生活；真正的文学作品能够触动人心、引发共鸣。

回顾黄瑶的文学之路，我们不难发现她始终保持着对文学的热爱与执着追求。从县级作协会员到市级、省级作协会员，她一步一个脚印地走了过来。她的作品不仅得到读者的认可，也获得文学界的赞誉。这一切都是她不懈努力和才华横溢的结果。

作为一位长辈，我深感荣幸能够看到黄瑶的成长与蜕变。她的《细数流年》不仅让我感受到了文学的魅力，更让我看到了一个青年作家对生活和文学的热爱与执着。我相信在未来的文学之路上，黄瑶一定会走得更远、飞得更高。

最后，我想用一句话来总结我的读后感：“《细数流年》是一部充满温情与智慧的文学佳作，它让我们在平凡的生活中看到了不平凡的光芒。”愿黄瑶在未来的文学之路上继续前行，创作出更多优秀作品！

2025年5月30日夜写于北京寓所

---

曾镇南，著名文艺评论家，中国社会科学院文学研究所研究员，当代文学研究室原主任，《文学评论》原副主编，曾多次任全国短篇小说奖、茅盾文学奖评委，“五个一工程奖”论证专家，文学评论作品曾获首届中国作家协会鲁迅文学奖。

# 序二：在时光的褶皱里，寻找生命的印记

汪　鑫

岁月如河，蜿蜒向前。每个人的生命都是一条独特的支流，或激荡奔涌，或静水深流，最终汇入浩瀚的记忆之海。黄瑶的《细数流年》，便是一本从记忆深处打捞璀璨明珠的散文体小说。它以李逍遥的视角，将童年、少年、青春期的琐碎日常编织成一幅斑斓的成长画卷，让读者在文字中触摸时光的温度，感受生命从稚嫩到半熟的蜕变。这不是一部波澜壮阔的史诗，却因真实而动人；没有惊天动地的情节，却因细腻而深刻。在这里，每一段回忆都是时光的注脚，每一个角色都是时代的缩影，而每一份情感，都是对生命最温柔的致敬。

## 一、作者与作品：以文字为舟，泅渡时光长河

黄瑶，笔名紫潇瑶，生于闽南漳浦，是福建省作家协会



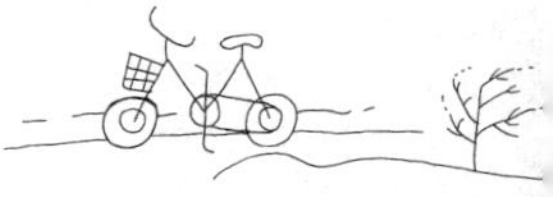

会员、青年作家网签约作家。她的文字如闽南的茶，初品清淡，回味悠长。从《班级辣事串串烧》到《细数流年》，她始终以“随心而写”的姿态，将生活淬炼成文字。在这本书中，她刻意模糊了性别与职业，化身李逍遥——一个承载了她所有记忆与想象的文学符号。这种身份的转换，既是对自我的一种解构，也是对创作自由的追寻。正如她所言：“这些时光，构成了我鲜活的记忆，这些记忆片段，在当下也都给了我不同的感悟。”

《细数流年》的时间线从幼儿园延伸至大学，以“童年有点傻”“童年有点酷”“半熟少年”“肆意青春”“年少情怀”等章节串联起主人公的成长轨迹。书中既有闽南古厝的烟火气，也有校园生活的青涩懵懂；既有对乡土文化的深情回望，也有对青春悸动的坦诚记录。黄瑶用近乎白描的笔法，将记忆中的场景一一还原：奶奶煮的猪腰汤、幼儿园毕业照上的“C位”、小学班干部选举的趣事、初中偷偷喝酒的闹剧、高中军训的汗水与泪水……这些片段看似平凡，却因细节的真实而熠熠生辉。

## 二、主题与内核：成长是一首未完成的诗

《细数流年》的核心主题，是对“成长”的凝视与反

思。黄瑶并未刻意渲染成长的阵痛，而是以轻快的笔调，将成长中的困惑、尴尬、喜悦与遗憾娓娓道来。书中的李逍遥是一个典型的小镇青年：他偏科严重，语文天赋异禀却对数学束手无策；他懵懂早熟，既渴望融入同龄人的“江湖”，又对异性关系保持距离；他热爱文学，用稚嫩的笔触编写“语文课本”。这些特质，让他既像我们身边的某个同学，又像每个人心中那个未曾褪色的自己。

书中对亲情的刻画尤为动人。奶奶的背影、小舅相亲屡屡失败的趣事、父母“竹笋炒肉丝”的严厉与温情，构成了中国式家庭的典型图景。黄瑶擅用食物串联情感：猪腰汤是亲情的载体，烤地瓜是友情的见证，而小卖部的冰糖葫芦则是童年最纯粹的快乐。这些意象让记忆有了具体的形状，也让读者在味觉的共鸣中，找到情感的共通之处。

友情与懵懂的爱情，则是青春的主旋律。书中的人物群像鲜活立体：调皮捣蛋的陈斌、“学霸”班长陈希曦、嘴碎却仗义的李萌、文艺少女赵嘉楠、内敛男生陈凯……他们与李逍遥共同演绎了校园生活的百态。从小学偷喝啤酒的荒唐，到高中校运会上的并肩作战；从初中平安夜送苹果的青涩，到大学社团活动的热血，这些情节因真实而格外珍贵。黄瑶笔下的青春，没有“疼痛文学”的矫饰，只有少年人特有的笨拙与真诚。

## 三、风格与叙事：在平淡中见真味

黄瑶的写作风格，可用“质朴中的诗意”概括。她自述“从不在意词藻华丽”，但正是这种“不刻意”，让文字拥有了返璞归真的力量。书中的语言如闽南夏日的风，带着湿润的泥土气息：古厝的石头墙“勾勒着岁月的痕迹”，井边的榕树是“鸟的天堂”，而祠堂前的戏台子则承载着“热热闹闹的节庆”。这些描写并非华丽的修辞，却因细节的精准而充满画面感。

在叙事结构上，《细数流年》采用了碎片化的散文体。每一章如同一颗独立的珍珠，以时间线为绳串联成链。这种写法消解了传统小说的戏剧性，却更贴近记忆的本质——我们的回忆本就是一地零散的碎片，唯有在回望时，才被赋予连贯的意义。黄瑶的叙事节奏从容不迫，时而插入闽南童谣，让文本充满时代的印记。这种“接地气”的书写，既是对个人经历的忠实记录，也是对一代人集体记忆的存档。

值得一提的是，书中对传统文化的关注贯穿始终。无论是元宵节的民俗，还是高中文学社的汉服表演，抑或是大学时对京剧的热爱，黄瑶始终在探寻个体成长与文化根脉的联结。这种自觉的文化意识，让《细数流年》超越了私人叙事的局限，成为一部兼具地域特色与时代精神的青春备忘录。

## 四、文学价值：写给普通人的生命赞歌

在快餐文学盛行的当下，《细数流年》的珍贵之处在于它的“普通”。它不迎合市场的猎奇，不贩卖焦虑，也不刻意制造冲突。书中的故事，是每个普通人都有可能经历的日常：考试的紧张、友情的考验、离别的感伤……但正是这些“普通”，构成了生命的全部意义。黄瑶用文字告诉我们：平凡的日子同样值得书写，琐碎的细节同样蕴藏诗意。

这本书也是一部关于“和解”的作品。主人公与偏科的和解、与青春遗憾的和解、与原生家庭的和解，最终指向与自我的和解。当李逍遥在大学的社团活动中找到方向，在和赵嘉楠的友情中学会释然，在自考本科的奋斗中重拾自信时，读者也会悄然发现：成长的真谛，不在于成为完美的人，而在于接纳真实的自己。

## 五、致读者：在别人的故事里，照见自己的影子

《细数流年》适合所有曾与青春共舞的人阅读。如果你

怀念旧时光，书中闽南古厝的炊烟会让你眼眶湿润；如果你正在经历成长的阵痛，李逍遥的偏科与暗恋会让你会心一笑；如果你渴望在文字中找到共鸣，那些关于友情、亲情、梦想的片段，将成为治愈心灵的良药。

这本书更像一面镜子，映照出我们共同的来路。当合上最后一页时，或许你会想起某个童年的午后，某位同桌的侧脸，某次毕业典礼上的红领巾，以及那些未曾说出口的“再见”。正如黄瑶在书中所写：“尘封已久的小学同学录，翻开还能看到几张尚未褪色的大头贴，还有一字一句稚嫩的笔迹，那是我们再也回不去的，傻里傻气、天真懵懂的小学时代……”

岁月无声，文字有痕。《细数流年》不仅是一部小说，更是一份留给时光的情书。它提醒我们：生命的价值，不在于它是否轰轰烈烈，而在于我们是否认真活过、爱过、记录过。

是为序。

2025年3月20日写于北京

汪鑫，又名汪家弘，1981年出生于湖南，现居北京，先后在大型出版社和报社从事编辑、策划和运营管理工作，现为青年作家网总编辑。已经出版作品有长篇历史小说《徽州魂：大唐越国公汪华传奇》、长篇侠义小说《宝庆传奇》、非虚构小说集《距离：漂在北京的那群人》等；策划和主编文集有《岁月之歌：全国青年作家优秀作品选》《花开四季：全国青年作家优秀作品选》《青青子衿：全国青年作家优秀作品选》《呦呦鹿鸣：全国青年作家获奖作品选》，“梦想树文化丛书”“青橘心语丛书”等；创作剧本《徽州魂》（纪录片）、《一代名角洪雪飞》（纪录电影）、《大美沙漠》（纪录电影），并担任制片人，其中《徽州魂》在中央电视台播出。

# 目录

我的故事，
说给你们听。

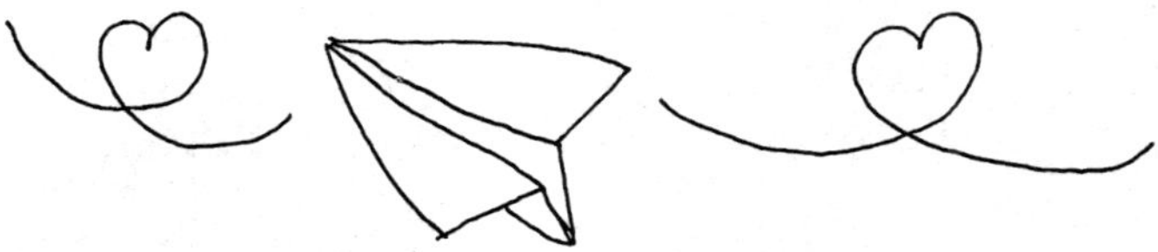

# 第一章 我的童年有点傻

闹腾、幻想、逞强……
童年时期的我们，傻并快乐着。

## （一）

老家的古厝是个温暖而可爱的地方，充满了浓郁的闽南风情。石头墙上勾勒着岁月的痕迹，在阳光的照耀下更显古朴。爷爷总是安详地靠在门口的竹椅上听收音机，而奶奶总是忙进忙出的。

奶奶一直记得我喜欢吃猪腰子，每次我回老家，她都会煮猪腰子汤给我喝，还会加点枸杞，喝起来暖暖的。我们老家村里没有菜市场，偶尔会有外面的人推着小推车进来卖卤料或者一些菜。爷爷有时会买熏鸭肉给我吃，那鸭肉味香浓而不油腻，微咸微辣，还带着淡淡的烟熏味，令人回味无穷。其实，这些都只是普普通通的食物，但因为它们带着亲情的味道，所以显得更加美味。

老家有个小伙伴，我忘了她的名字，只记得她总是扎着两个可爱的羊角辫，辫子上点缀着粉色的蝴蝶结，笑起来特别可爱。那时我和她都是4岁，我们经常一起玩。在我要到妈妈工作的镇上上学时，她很舍不得我，还送了我一本带锁的叮当猫封面的日记本。可惜后来我把锁弄丢了。

老家门口有条河，河水在阳光照耀下波光粼粼。河对岸也有很多和我爷爷、奶奶住的老房子类似的古厝，但随着时代的发展，后来都翻新成了一栋栋楼房。

老家那时没有水龙头，爷爷、奶奶经常到村里的一口井挑水。那口井就这样滋润了全村的每个人。井边有棵大榕树，榕树上常有鸟儿栖息，可以说是“鸟的天堂”。

老家所在的村子里有个祠堂，一到节庆活动就挤满了人。祠堂前有个戏台子，我和堂姐最喜欢去看戏了。与其说我们喜欢看戏，不如说我们喜欢那种热闹的氛围。因为每次演戏时，都会有人来卖冰糖葫芦、观音豆这些我们小孩子爱吃的东西，我们那一点点零花钱就会换成一点点的美味。还有每年的元宵节晚上，村里都会在祠堂门口举行抬神跳火堆、神明巡社、新娘拜神明、过桥踏青、穿灯脚等民俗活动，十分喜庆。

## （二）

到了上幼儿园的时候，我暂时离开了老家，到妈妈工作的镇上就读。6岁那年，我刚从幼儿园毕业，毕业照把我们定格在那个夏天，就这样结束了我最为天真懵懂的幼儿园生活。而当年的幼儿园老师们，也成了我记忆中最美的人。后来在路上遇到她们，感觉她们都没怎么变，依旧美丽如初。毕业照上的我竟然莫名其妙地坐在主位，表情看起来哭笑不得，既傻气又有点儿可爱。

那年暑假，妈妈开始为我做幼小衔接的准备，还详细规划了课程安排。第一课，她安排让我认识“0”。她的方法是这样的：茶盘上有六个茶杯，她把六个茶杯都拿起来，问我还剩几个茶杯。她可能以为我会说“都没有了”，然后她就会说“都没有，那就是0”，谁知我回答的是——还有一个茶壶！旁边的爸爸正在喝水，没忍住，直接笑喷了。

小学，我自然是就近在我家旁边的镇东小学读书。镇东小学，顾名思义，在锦湖镇的东边。刚好妈妈也是我们小学的老师。妈妈和她的同事们相处得十分融洽，他们时不时就会一起去爬山、烧烤等，妈妈也都会带上我。自然，我也和那些老师们的孩子混熟了，尤其是同龄人，直至后来，我们都还一直保持联系，有空就会一起出来玩。

挺巧的，不少小学同学也是幼儿园的同学，于是我们时不时就会讨论起一些幼儿园时的趣事。

幼儿园我是在镇中心幼儿园读的，小姑刚好是那所幼儿园的老师，每天骑自行车载我上学放学。坐在自行车后座的我总是喜欢玩她那条长长的麻花辫。

我的书包是小舅给我买的，上面印着可爱的哆啦A梦图案。大人总是开玩笑说："你看你小舅还没有女朋友，要不要挑一张你小舅最帅气的照片给你幼儿园的老师看看？说不定你的老师就成你小舅妈啦！"

由于小舅长期在军队服役，他的大哥（我大舅）也是如此，所以他的"相亲大任"自然就落在了他的姐姐——在本地工作的妈妈肩上。妈妈第一次带着小舅的照片去相亲对象家里时，对方一脸羞涩。谈得差不多后，对方的父亲说："三天为期，如果这三天内没有什么不好的事情发生，就可以定下来。"结果隔天居然刮台风了，这门亲事就这样无辜地告吹了。第二次，妈妈依然是带着小舅的照片去相亲对象家里，谈得差不多之后，对方的父母也是说以三天为期，结果两天后，对方家里的猫跑到屋顶玩，把屋顶的瓦片弄碎了好几片，这门亲事又告吹了。第三次，妈妈又一次带着小舅的照片去相亲对象家里。经过这几次，妈妈已经有点儿心力交瘁了，这次决定带个朋友陪自己，于是便带了一个阿姨一起。到对方家里后，谈了一会儿，对方父母刚说完以三天为期，结果那个阿姨不小心把茶杯打碎了。从对方家离开后，那个阿姨十分懊悔："哎呀哎呀，这门亲事又不成了，都是我的错！怪我怪我，怪我太毛手毛脚了，要不是我打碎杯子，你弟弟就能跟这姑娘成了！”妈妈拍拍阿姨的肩膀，安慰道：“没关系啦，这也就说明了我弟弟跟这姑娘没有缘分嘛，缘分还在后头呢！”

后来，出乎意料的是，小姑竟然嫁给了小舅，而且是自由恋爱，并不是什么“姑换嫂”。这让亲朋好友们大为震惊，在我们当地更是闻所未闻。这么说来也挺神奇的，幼儿园老师真的成了我的小舅妈，毕竟小姑也确实是。于是我每次出门，总是会遇到一群陌生的阿姨问我：“你小姑嫁给了小舅，那你到底该怎么称呼他们呢？是把小姑叫成小舅妈，还是把小舅叫成小姑丈？”为了避免得罪爷爷、奶奶，也不得罪外公、外婆，我对他们的称呼……还是决定不改了。我又想了想，咦，那之后小舅和小姑生的孩子，岂不是要跟我反过来？他们要叫我爸为大舅，叫我妈为大姑，管我外公、外婆叫爷爷、奶奶，管我爷爷、奶奶叫外公、外婆。这么一想，还真是挺有趣的。

听说小舅和小姑当时还互相写过信，多么朴素又浪漫的爱情啊。“从前的日色变得慢，车、马、邮件都慢，一生只够爱一个人。”而现在，随着信息技术的发展，智能手机已经普及，人与人之间的沟通交流大多是打个电话、发个信息就完事，已经很少有人写信了。

刚上小学的第一天，我走进陌生的教室，感觉一切都很新奇，自己也好奇地摸摸这儿、摸摸那儿。木质的桌椅，有点儿凉凉的，还带着一种独特的好闻的味道。

跟同学们都混熟了之后，我就开始写作业了。我总觉得斜着身子写比较舒服，便总是斜着身子写字。而且我手劲儿大，写起作业来弄得桌子一晃一晃的，同桌多次提醒我，后来我好不容易才改过来。

## （三）

话说，我一直觉得我的名字挺酷的——李逍遥，嘿，有一种霸气潇洒的感觉。到我读五六年级的时候，《仙剑奇侠传》热播，里面的主角也叫这名字，这让我名字又镀上了一层金。我感觉自己走路都带风，班级里同学们都叫我“逍遥哥哥”，听起来别提多受用了。

一年级下学期六一儿童节的前一天，我在同班同学陈斌家玩，结果隔天睡过头了，才知道错过了六年级哥哥、姐姐给我们系红领巾的入少先队仪式。对这一刻期待已久的我忍不住哇哇大哭起来，班主任不住地安慰我，把我跟陈斌叫到办公室，亲自给我们系上了红领巾。

一年级期末考试的时候，我和我们班的一个同学都考进了年级前三名。那是我第一次捧到小学的红彤彤的奖状，还得到了奖品——一根跳绳。

二年级的时候，班级开始选班干部了。我是副班长，班长是那个一年级时跟我一起领奖状的同学，她是一个学习很认真又很乖巧的女孩，名叫陈希曦。班主任还选了其他班干部：学习委员许强，体育委员陈斌，宣传委员林明钰，纪律委员林宇哲，劳动委员许丽丽，组织委员李萌。班干部队伍中男女各占一半，男生四个，女生四个。我们出黑板报时，都是男女生班委轮流来。

二三年级的时候，我们写字都是歪歪扭扭的，直到四五年级才写得有模有样。说到出黑板报，还真有不少趣事。有一次劳动节时我们出黑板报，陈斌在黑板上写下大标题——“干活去了，累死狗！”惹得我们捧腹大笑，原来他写的是“Let’s go”的谐音。隔天班主任看到了，特别生气：“赶紧擦了重写！”还有一次，我们抄的文字内容太多，框里挤不下了，许强出主意说：“咱们后面直接都用省略号代替吧！”我们果然这么做了，还真蒙混过关了。

三年级的时候，我妈妈突然成了我的语文老师。于是，上语文课时，我听得特别认真，不然回家后可能就得吃一顿“竹笋炒肉”。不过，在班级里，我也不敢叫她妈妈，都是毕恭毕敬地称她为“语文老师”。有件事挺搞笑的，有一次妈妈布置了一篇写四季的作文。回到家后，我还没改口，就说：“老师，是写哪一个季节都可以吗？”下一秒立刻改口：“妈妈！给我买本作文本呗！”后来妈妈回忆起来，都忍不住笑出声。

三年级第一次接触作文，我就挺喜欢。第一次作文写的是一个童话，还得了满分。

三年级暑假，我一直幻想着语文课本由我来编写，甚至还用笔记本写了一本“语文课本”，里面的课文故事也都是我自己编的。我还有模有样地在那本“语文课本”里安排了“学习园地”。这为我对文学的热爱打下了基础。

不过，我的数学成绩实在不理想。全班同学都考90多分的时候，我才考了80多分。这也为我后来偏科以及害怕数学老师埋下了伏笔。以至于有一次回老家，大人们一直在说一个名字。我当时正在睡觉，迷迷糊糊地听见了那个名字，以为是数学老师的名字，吓得一下子惊醒，出了一身冷汗。后来才知道，大人们其实是在讨论一个厨师做菜很厉害，而那个厨师恰好和我的数学老师同名。

说来奇怪，听说男孩子通常数学学得好，语文学得差一些，我怎么就和别人相反呢？

## （四）

如果说三年级的时候我还懵懵懂懂、傻乎乎的，那么到了四年级就开始“野”了。大中午的，我们特别爱在操场打篮球，女生则喜欢在操场的另一边跳皮筋。有时我们打着打着觉得无聊，就会去捉弄她们，把她们的皮筋扯断。看到她们快气哭了的表情，我们还嘲笑她们。呃……现在想想，我们当时还真是欠揍。

四年级下学期，我们的“野”已经有点收不住了。夏天的时候，我们赤着脚到村里的一条小河里去抓螃蟹，我还被螃蟹夹伤了，疼得哇哇大叫。“副班长！男子汉哭可就没劲儿了啊！”陈斌拍了拍我的肩膀，弄得我更疼了。

还有一次，我们班一群人骑着自行车到一个有点儿远的村里玩。班里有个同学家就在那个村里，我们找了一片大空地烤地瓜和香肠，吃得龇牙咧嘴的。在回家的路上，一头牛一直跟着我们，跑得飞快。

最“野”的一次是家长会那天。家长去学校开会，都不在家。林宇哲提议：“嘿，兄弟们，要不要去我家玩？”

“玩啥？下象棋，还是打扑克牌？钓白鱼、排火车，还是79523？”陈斌问。

“别啊，那多没意思！”林宇哲摆摆手，笑得神秘兮兮的。

“的确没意思。”我附和道，“你说的这些，我只会排火车。”

“拜托！你还是不是男的？其他扑克牌玩法都不会？”许强把手搭在我的肩膀上，用嘲笑的语气说。

“我……我会这些干吗？考试能加分吗？”我觉得有点儿不好意思，但又觉得自己说得很有道理。

“哎，看来你的生活太没劲儿了！成天看书，当心变成书呆子！”许强戳了一下我的脑袋，我疼得捂了一下，“哎呀！”

“得得得，谁让你们打牌啊？”林宇哲悄悄在我们耳边说。

于是当晚，我们就去了林宇哲家。林宇哲偷偷拿出了家里的一箱啤酒。

“哇！这这这……不错啊！挺酷的哥们！”许强用力拍了一下林宇哲的肩膀。

林宇哲拿出几个酒杯，把酒倒满。我喝了一口，一下子吐了出来：“什么啊，好难喝！”

“拜托！逍遥啊，是你不懂！我看大人都很喜欢喝，我爸每次都能喝一箱呢！”许强对我翻了个白眼。

我看陈斌也喝得正起劲儿，感觉莫名其妙：这酒哪里好喝了？不过为了不丢我男子汉的脸，我还是坚持喝完了大半杯。喝完感觉脸热热的，头还有点儿晕。

就在这时候，一阵当时听来特别可怕的敲门声传来了，接着是钥匙转动门锁的声音。我们刚要躲，可是已经来不及了……

后来的事情你们想必也能猜到吧？林宇哲的爸妈拿起棍子把林宇哲暴打了一顿，并打电话跟我们的爸妈告状。于是……虽然我喝得最少，但我所受的处罚并不比别人轻。

回到家后，我妈毫不客气地“请”我“吃”了一顿“竹笋炒肉”。我浑身的细皮嫩肉啊，感觉没一处是好的。我爸也在旁边冷眼相看，眼神里仿佛在说：“叫你喝酒！”我也翻了个白眼，心想：“说得你好像没喝过一样！”

我爸也挺爱喝酒，不过从不酗酒。每次喝完酒，他就会絮絮叨叨的，也挺烦人的。

第二天，我们班主任罚我们轮流扫操场和班级一个月，正好一人一周。他训斥我们的时候，语气里满是恨铁不成钢：“班干部带头喝酒！你们叫我怎么说你们好？”

而女生们看我们的眼神也是五味杂陈的。最嘴碎的李萌直接走过来，瞪了我们一眼：“瞧你们！多有本事！耍帅失败了吧？”

这件事也给我们一个惨痛的教训：小学生，好好读书不好吗？喝什么酒！喝酒是这个年龄该干的事吗？

# 第二章、我的童年有点酷.

酷味童年，天真活泼，
浓烈而有趣.

## （一）

四年级很快就过去了。到了五年级，几乎班级里每个人都有一本抄歌词的本子。许强有个音乐播放器，这在当时是个稀罕物。我们都会轮流跟他借，一边摇头晃脑地听歌、哼歌，一边看着小屏幕抄歌词，也不懂我们是怎么做到一心三用的。

过了一段时间，我家买了一台电脑，是台式的，有点儿笨重。林宇哲、许强、陈斌这三个哥们儿放学后有时会打着一起写作业的幌子来我家偷偷上网、玩游戏。我们还申请了QQ号，每人一个，把班里的女生都加了个遍。然后时不时给她们发一堆QQ自带的表情，再说一些无聊的话，直到被骂。

后来，他们仨家里也买了电脑，我们经常在网上闲聊，问作业之类的，还会在QQ农场互相偷菜。听许强说，林宇哲经常会半夜起来给人偷菜，真是把我笑死了。我可没这么大能耐，我有时偷偷玩电脑都挺怕被爸妈抓到的。

有一次，我因为电脑太热，被爸妈抓了个正着。不过，我妈居然没有打我。

“妈，你咋不打我了啊？”我挺惊讶的。

“你也已经是个大孩子了，老是打你也挺没意思的。”我妈轻轻笑道，然后又严肃地说，“小学生还是认真写作业吧，周末再玩电脑！”

过了一段时间，有一次语文单元考，那是我第一次语文考低于90分，得了89.5分。虽然只差那么0.5分，但妈妈还是批评了我，絮絮叨叨的。那啥，我还宁愿让她打我一顿呢！

“李逍遥，你可悠着点儿！你数学本来就不太好，语文要是再考这么差，你可就真不行了！”妈妈一副恨铁不成钢的样子，“你妈妈我可是语文老师，你给我考这么差，我的面子往哪儿搁啊！”

唉，其实也没很差啊！班里也就一个同学超过90分，班长陈希曦考了91.5分，然后第二名就是我和林宇哲并列了。

说起来，我的语文成绩还算不错，有时还会代表学区去县里参加作文比赛。作为语文老师的妈妈，也格外重视我的语文成绩。可能是有点儿小骄傲吧，一些简单的题我居然还能写错，也没细心检查。唉，真不应该！

## （二）

期中考后，学校组织了一次奥数竞赛，我们这群班干部都被班主任叫去训练做题。有道题挺难，我选了A，拿去给老师检查，老师摇摇头。林宇哲选了B，老师也说错了。李萌选了C，老师还是摇摇头。

我们在底下讨论起来。“A、B、C都错了，那不就是D了！”许强一脸得意地写上D。

老师这时才反应过来，摇头叹气：“唉，你们都在搞啥哟。”

五年级下学期，我们都在讨论奥运会的事儿，大家都特别想去看看。想当年听到北京申奥成功的消息，我们可兴奋了！当然想去，但也只是想想而已。

当时学校有个“六一”游园活动，女生有七个一起排了个舞，叫啥名字来着？哦，叫《天庭祥和舞》！

我看她们那个舞蹈也排练了很多遍，结果最后居然……害羞得没上场?

我们排了个小品，叫《北京欢迎您》。情节是我编写的，是关于外国人来看奥运的，遇到五个福娃，目睹了奥运盛况，最后夸赞中国厉害的故事。我演福娃迎迎，就是黄色那只藏羚羊；林宇哲演福娃晶晶，那只黑色的大熊猫；许强演福娃欢欢，那个红彤彤的火娃；我们还拉来李萌演福娃贝贝，蓝色的那条鱼；还有陈希曦，演绿色那只燕子妮妮。我们都穿上了和福娃颜色对应的衣服。陈斌和另一个男生演外国人，他们还学外国口音，引得大家哈哈大笑。

小品结尾，我们一起大声说："北京欢迎您！"那一瞬间，我们心潮澎湃！

8月8日正好是暑假期间，晚上8点，我和爸妈守在电视机前。哇，奥运会开幕式开始了！我和爸妈激动得大喊，热泪盈眶，邻居家也传出了呐喊的声音，真是举国欢庆！

中国加油！奥运加油！

这一年很特别，我深切地体会到了作为一个中国人的骄傲和自豪。《北京欢迎您》这首歌传遍了大街小巷，我们也会时不时地哼唱起来……

北京欢迎您，为您开天辟地，流动中的魅力充满着朝气！北京欢迎您，在太阳下分享呼吸，在黄土地刷新成绩！

## （三）

五年级这一年，有点儿特别。

先说一件特别又有点可怕的事。有一回，我和我大舅的女儿，也就是我的表妹，在外婆家的鱼塘划泡沫船，我突然掉进了水里。当时我感觉很紧张，拼命把头抬起来，不让水呛到。我表妹也被吓哭了。屋里的大人可能是听到“砰”的一声，赶紧跑了出来。我外公会游泳，他立刻跳进水里，游过来把我抱了起来。我浑身湿透，赶紧去换衣服、擦头发。听说我表妹也被大舅妈批评了一顿，那小妮子还挺委屈的。

不过也挺奇怪，就在那时，紧张之余，我的脑海里居然还蹦出一首我以前看过的诗：“脚踏船头船便开，天公为我洗尘埃。诸君莫笑衣裳湿，才向龙门跳出来。”

我们班总体也挺特别的，女生们都开始写小说了。但她们总是偷偷藏着小说，不让我们男生看。我们一去借，她们的脸就涨得通红，把小说本子收到课桌肚里，死活不给看。哎，真烦！回头我也来写一本，还要写得比她们好，气气她们！

当时神话剧很热播，我买了《西游记》的碟片，很多同学放学后都爱来我家一起看。

还有一件最特别的事，就是慢慢地，班级里的男生和女生的关系不再像以前那么亲密了，不再那么喜欢打打闹闹的，但有时又会偷偷看对方。

## （四）

五年级的第二个学期，镇里举办了一场晚会，面向全镇各个中小学和幼儿园挑选节目。我们小学出的节目是诗歌朗诵《感恩》，结尾还有一个手语表演。表演者来自我们五年（1）班和五年（2）班，两个班各选了十人，排成两个爱心形状的队伍。主诵是我们小学的两位声音很好听的老师，一男一女。女老师的声音甜美温柔，男老师的声音铿锵有力。朗诵稿也是我们小学里一位很有文采的老师写的，他是五年（2）班的语文老师。

接下来就是每天放学后的排练，老师们对排练情况都很满意。

初选是在镇政府举行的，当时我们还看到了镇北小学的一个男女生交谊舞节目《摇太阳》，由一群四年级的学弟学妹表演。其中有几个孩子刚好是我妈朋友的儿子和女儿。他们男帅女靓，舞姿优雅，感觉是最精彩的一个节目。

我们顺利通过了初选，接下来就是复选了。我们和《摇太阳》都进入了复选名单。彩排的时候，《摇太阳》的演员们穿上了正式服装：男生穿着笔挺的小西装，胸前佩戴着蝴蝶结；女生穿着洁白的蓬蓬裙。相比之下，我们的统一服装显得有些黯然失色，但也没关系，风格不一样嘛。

然而，不知道为什么，彩排之后，我们的节目被刷下来了，据说是晚会时长有限的原因。唉，这么久的心血付之东流！后来听天气预报说晚会当天会下雨。

果然，晚会当天真的下雨了，我还是撑着伞去看了表演。晚会工作人员很贴心地给观众们分发了雨衣。看着舞台上精彩的表演，我也忍不住喝彩，再无一丝嫉妒之意。特别是交谊舞《摇太阳》："我们一起来摇呀摇太阳，不要错过那好时光……"学弟学妹们跟着节奏翩翩起舞，仿佛一只只精灵，在舞台上绽放光彩……

台下的我专注地看着，也明白了：就算不当演员，当观众，懂得欣赏，也挺好的。

## （五）

五年级的暑假时，我妈可能不想让我无聊得成天看电视，于是给我布置了一个任务——每天背一首课外古诗词。"给！"我妈递给我一本唐诗和一本宋词。"得令！"我"作揖"道。还好我对诗词也挺感兴趣。

但我有点儿懒，每次背诗词我都特意挑简单的背。比如苏轼的《渔父》四首，我真就拆成四天来背，一天背一首，其实每首也就二十几个字。我在我妈面前背的时候，她马上看出了端倪：“你这孩子，怎么净挑这些短的诗词呢？”不过她也没责怪我，毕竟这可是她自己说的，一天背一首！

不过，我得感谢我妈，她为我的诗词储备打下了一定的基础。

等到上六年级了，同学们好像都有点儿变化，又好像没啥变化。我依旧像个二愣子似的，林宇哲、陈斌、许强他们仨依旧爱嘚瑟，爱嘲笑我。李萌依旧嘴碎，爱捉弄我们这群男生，也跟班里一些很调皮的不爱读书的男生打成一片。班长陈希曦依旧爱哭爱管闲事，林明钰依旧学习勤奋，许丽丽依旧乖巧文静，与世无争……可又好像大家都成熟了那么一点儿，具体咋样，我也说不上来。

后来的几次考试，默默读书的林明钰都是全班第一。原本她的勤奋学习没有带来显著效果，但后来慢慢地，皇天不负有心人，班级第一、年级前三的宝座都被她拿下了。而班级里几个特别调皮不爱读书的男生，成绩也跟大家越拉越远……

## （六）

六年级下学期的4月1日早上，李萌和陈希曦居然搞了个恶作剧。她们难得大方地跟我们几个男生分享夹心饼干。

嘴馋的我，想都没想就直接吞了下去，却吃到一口牙膏。“呸！”我吐了出来，气得简直想锤爆她俩的头，但又一想：算了，好男不跟女斗。

“太过分了吧，你们！”许强追过去，李萌一直跑，陈希曦在一旁拍着手大笑。旁边有别的同学小声提醒：“今天是愚人节！”

好吧，我懂了。

临近毕业，除了同学们之间一如既往地偶尔好好学习，偶尔打打闹闹，还有传来传去的同学录。每个人的留言都是千篇一律的“好好学习，天天向上”。高级一点儿的，就是把它翻译成中式英语：“Good good study，day day up”。升学考后，我们的小学时代，就这样猝不及防地结束了。

尘封已久的小学同学录，翻开还能看到几张尚未褪色的大头贴，还有一字一句稚嫩的笔迹。那是我们再也回不去的、傻里傻气、天真懵懂的小学时代……

# 第二章、半熟少年

在这个青涩的年龄段，我们都褪去了稚气，迎来了半熟的少年气息。

## （一）

小学升学考，我语数及综合分考了学区第四名，语文名列学区第一。除了得到奖状和笔记本外，我还得了个奖品——一本书，《呼啸山庄》。

这本书我一直舍不得看，担心把它弄褶皱了。这可是我目前得到的最贵重的奖品，因为它是精装版的。

这个暑假，我和外婆一起去小舅那里住了一阵子，这段时间发生了不少有趣的事情。印象最深刻的是，我小姑（小舅妈）与小舅的一位战友的老婆合作养乌鸡。她们时不时地去摸鸡屁股，想看看有没有下蛋，后来才发现……那竟然是一只公鸡！

小舅这位战友的儿子读一年级。有一次我去找他玩，竟然有别的军人叔叔以为我是他的同学！没搞错吧，我都六年级了！

小舅那里的电脑不能联网，所以我天天玩蜘蛛纸牌，或者看电视。后来，跟我小姑合作养鸡的阿姨拿了一些曲别针来，说可以用曲别针串珠子，做些衣服的小零件。这样既能打发时间，又能赚点儿小钱。于是我做了三个礼拜，赚了三十多块钱，当时感觉很满足。

我以前也去过舅舅的部队，两位舅舅所在的部队有一个最大的共性，就是氛围都很好。还记得我去大舅的部队时，当时办了个联欢晚会，大舅唱了一首经典闽南语歌曲《爱拼才会赢》，博得了大家阵阵热烈的掌声。

在小舅那里住了一个多月后，我回到家，连续看了好多天的《西游记》影碟片，翻来覆去地看。终于，暑假结束了，我的初中时代正式开启。

从小学升到初中，仅一个暑假的差距，却完成了量变到质变——我从懵懂稚气的小学生变成了半熟的初中生。

我原本去了市区读初一，但因为跟不上那里的教学进度，又转回镇里读初二。转学的那天，班里的同学都挺舍不得我的，还给我送了些礼物，跟我说以后记得回去看他们。搞得班里有同学甚是羡慕，说她也想转学，想要同学们送的礼物。

我妈带我办理好转学手续后，我被安排在镇中学的初二（6）班。我们的班主任是个又高又瘦的男人，戴着眼镜，是一位气质儒雅的语文老师，颇有古代私塾先生的风范。说来也巧，我们的历史老师是班主任的亲哥哥，他们还有一个弟弟，也是老师，在小学教书。还有一件特别巧的事，我们的数学老师是我们小学班主任的亲哥哥。英语老师是外省人，有点儿胖，性格特别温柔。

我读的这个班，刚好也有几个我的小学同学，陈希曦、李萌、陈斌、许丽丽、许强、林明钰等。班长依旧是陈希曦，副班长是林明钰，学习委员是许强，纪律委员是陈斌，其他班委便都是新同学了。所以刚转学过来的我没有一丝融入新环境的紧张与不适，毕竟熟人多嘛。

不知道为何，数学总是让我头疼，语文学起来还比较得心应手。刚转来的第一次语文考试，我便考了全班第一名，令新同学们刮目相看。班里有位同学感到惊讶，对我说："你居然考得比班长还好！""我们李道遥同学小学时语文成绩就很不错呢！"同桌陈斌回应道。是的，没错，小学同学——好哥们儿陈斌现在是我的同桌，可能是班主任为了让我较快地适应新班级的氛围特意安排的。

在初二（6）班，我也认识了很多新朋友。在老同学的带领下，我很快就跟新同学们打成了一片。在新同学中，跟我关系最好的应属陈小洲。他周末有时会来我家跟我一起下棋或者打球，他也喜欢文学，我们还经常交流一些共同喜欢的作家及文学作品。后来因为一张忘记是哪位仁兄带来班级传看的幼儿园毕业照，我们惊讶地发现陈小洲居然是我幼儿园的同学。不光陈小洲，班级里还有不少同学也是我幼儿园的同学！绝了，这不就是“大型认亲现场”吗？

初二上学期的期中考，我考了年级第36名，语文和政治都是年级第一。总分排名之所以没那么靠前，完全是被我可怜的数学成绩拖累。为此，我还被班主任叫去谈话，苦口婆心地告诉我——不能偏科。

我也不想偏科，但可能是我脑子里那根筋……有问题吧。

还是陈希曦、林明钰、许强等人的成绩稳定，在年级都是前五名。前五名的另外两名分别来自同年级的（1）班和（2）班。

## （二）

处于初二的年纪，是一个青涩的年龄段，褪去了懵懂的稚气，迎来了半熟的少年气息，一股属于青春的好奇与活力在同学们之间悄然滋长。我依旧是那个活泼开朗的少年，每天读读书，看看小说，偶尔写写文字、打打球。对于同学们之间流传的新鲜事，我总是充满好奇。而我那异性缘极好、帅气又活跃的同桌陈斌，便是班级的“消息通”之一。

“嘿，你知道吗？林龙和陈萱萱成了学习搭档！”这天，陈斌又眨巴着眼睛，带着点神秘兮兮的笑容对我说。“哦？怎么说？”我放下手中的书，饶有兴趣地凑近了一点。陈斌却故意卖关子：“得得得，男子汉别整得那么好奇。”“不是你先说的吗？陈少爷！”我撇撇嘴。这时，前桌的陈博彦和旁边的李萌、庄慧云也被吸引了，纷纷转过头来：“快说快说，怎么回事？”

“平安夜快到了嘛，”陈斌压低声音，“林龙想感谢陈萱萱这段时间帮他补习数学，准备送她个苹果表达谢意。不过，他想送个有意义的！”我们几个都竖起了耳朵。“他要收集25个不同姓氏的同学每人给的一毛钱，凑成2.5元去买那个苹果！代表咱们班集体的祝福！”陈斌说得眉飞色舞，像个演说家。“哇！”我们几个不约而同地发出感叹。“咦，还有这种说法？挺有意思！”我感到新奇。“是啊，我也是第一次听说，林龙刚从我这儿收集了一个硬币。”陈斌拍拍我的肩膀，“兄弟，你可是咱们班唯一的‘李’姓！我猜很快会有人来找你，建议你提前准备点零钱，哈哈！”“呃……行吧。”我点点头，觉得这个主意确实挺有创意。

“逍遥，那个……方便的话，你有没有一毛钱硬币？能给我一个吗？”果然，有人轻轻拍了拍我的后背。我回头，是林龙，脸上带着点不好意思的笑容。旁边几个“围观群众”也善意地笑着。我刚好钱包里有几个一毛钱硬币，便爽快地掏出一个递给他：“给，祝你成功！”林龙道了谢，开心地去找下一位了。

“看吧，我说什么来着？”陈斌冲我得意地眨眨眼。

放学后，我特意去小卖部换了30个一毛钱硬币。第二天上学，果然陆陆续续有不同姓氏的同学来找我“讨”硬币，说是帮林龙完成那个“25个姓氏”的心愿。30个硬币很快就发光了，班级里充满了为共同目标努力的热闹气氛，毕竟平安夜快到了。

平安夜这天，班级里洋溢着节日的温馨。我看到不少同学在互送苹果，表达平安的祝福和友好的情谊。陈萱萱的抽屉里也放着一个漂亮的苹果，旁边还有一本崭新的错题本，不知道是不是林龙送的感谢礼物？男生之间虽然没有互送苹果的传统，但我买了几个苹果，准备送给各科的老师们。作为新转来的学生，我特别想表达一下对老师们的感谢。为了体现心意，我还给每位老师都写了一首藏头诗，连起来都是“某老师平安夜快乐”，都是七言律诗。收到苹果和诗的老师们都很惊喜，脸上露出了欣慰和感动的笑容。不过，当我送给班主任时，他却只是习惯性地托了托眼镜，表情平静地接了过去，说了声“谢谢”。

“哇，逍遥，听说你给老师们写了藏头诗？厉害啊！”放学路上，年级（2）班的同学林祺（小学时和我隔壁班）遇到我，语气里满是佩服。“哈？你怎么知道的？”我有点惊讶。“我去办公室交作业时，正好碰到你们班主任在和其他老师讨论呢！老师们都夸你用心又有才！”林祺笑着说，“真棒啊哥们！”“呵呵呵……”我不好意思地低下头挠了挠脑袋。原来班主任表面平静，心里还是很重视这份心意的，这让我心里暖暖的。

看着校园里同学们三三两两结伴回家，讨论着习题或者周末的安排，我感觉这个平安夜格外美好。青春期的友情，就像冬日里交换的苹果，带着平安的祝福，也像一起解开的难题，闪烁着共同进步的光芒。

## （三）

班级里那股积极向上、互帮互助的学习氛围越来越浓厚。物理老师大概是最乐见其成的，有时还会特意叫合作默契的同学搭档上台演示实验，鼓励大家交流协作。而班主任则时常语重心长地强调：“同学们，初中阶段是打基础的关键时期，大家要珍惜时间，把主要精力放在学业上，心无旁骛地学习，共同进步。”每当这时，我们都会认真地点点头。

这股“学习互助风”最近也吹到了我同桌陈斌和团支书庄慧云身上。他们因为都是物理课代表，又都负责科技节班级项目的组织，交流明显多了起来。

“哥们，放学陪我去趟书店吧。”这天下课，陈斌偷偷跟我耳语。“书店？买啥？参考书？”我疑惑。“嗯…算是吧，帮科技节项目买点东西。”陈斌含糊地说，“放学跟我去就是。”

于是，陈斌买了一个……呃……非常精致的多功能文具收纳盒！上面还印着可爱的兔子图案。这看起来，像是很用心的礼物。他依旧没具体说是给谁准备的，只是说是项目组需要的。

两天后，我看到庄慧云的桌角放着这个崭新的收纳盒，里面整齐地放着各种物理实验用的零碎小工具。原来陈斌是买来支持科技节项目组工作的！

“嘿，兄弟，我看到你给项目组买的那个文具盒了，真不错！”陈斌从办公室回来后，我朝他竖了个大拇指。“哦？你看到了啊。”陈斌笑了笑。“对啊，我也看到了！那天看你拉着逍遥在文具店挑了半天，原来是给咱们科技节项目添置‘装备’呀，陈斌你这后勤部长当得可以！”旁边的李萌也笑着打趣。

“项目需要嘛，庄慧云管那些小零件，正好缺个合适的盒子收纳。”陈斌大方地解释道，神情自然。

“哎，哥们。”一下课，我跟陈斌就跑去小卖部买水，“你说，和搭档一起为一个目标努力，感觉怎么样？”“怎么？逍遥你也想找个学习搭档了？”陈斌搭着我的肩膀笑道。“没没没，我就问问你和庄慧云他们搞项目的感觉。”我实话实说。

“感觉挺好的啊！”陈斌来了精神，“大家一起讨论方案，分工合作，遇到困难一起想办法解决。就像咱们打篮球配合一样，默契很重要！庄慧云确实很细心，想法也多。不过嘛，”他顿了顿，“就像班主任常说的，合适的年纪做适合的事，我们现在最重要的就是齐心协力把学习搞好，把班级活动搞好。”

“看不出来！你觉悟这么高！佩服佩服！”我笑着拍拍他的肩。“所以逍遥同学，有没有兴趣也加入我们科技项目组啊？缺人手！”陈斌突然凑近我，笑得狡黠。“嗯……我再考虑考虑哈！”我赶紧咽了口水。目前还没想好！

陈斌和庄慧云因为科技节项目合作密切，自然成了大家关注的焦点，不过大家关注的是他们的项目进度。班主任肯定也知道了，但他看到两人把项目组织得井井有条，学习也没落下，自然没有干涉，反而很支持。

这段时间，我倒是经常看到庄慧云和陈斌讨论问题时特别认真投入，两人配合得很默契。陈斌在讨论项目时也没以前那么大大咧咧了，变得细致了许多。看着他俩为了一个目标专注努力的样子，我觉得挺棒的。合作的力量确实能让人改变和进步。

小学时就是好朋友、经常一起参加活动的许强和陈希曦，最近因为要合作准备年级辩论赛，又被大家关注起来了。

“嘿，听说你们小学就一起参加过演讲比赛？”“这次辩论赛准备得怎么样了？题目是什么？”“你们配合肯定超默契吧！”……下课时间，陈希曦和许强时常被关心比赛的同学围着问东问西。陈希曦通常会分享一些准备情况，许强则笑着说：“我们可是最佳拍档！目标是拿名次！大家等着看吧！”有时候他们也会“祸水东引”：“哎，你们多关注关注陈斌他们科技组的进展啊，那才是重头戏！”引得陈斌在一旁“抗议”。

看着同学们为了各自的目标——学习、比赛、项目——努力奋斗、互帮互助的样子，我觉得这才是青春该有的样子。那些纯粹的友谊、共同的汗水、一起克服困难后的喜悦，才是最值得珍藏的记忆。

## （四）

最近，家族添了新成员，小姑生了一个儿子，也就是我的表弟。表弟刚出生，看起来小小的，摸起来软乎乎的，甚是可爱。亲人们都十分喜悦，尤其是初为人父和人母的小舅和小姑，更是合不拢嘴。这让我不禁想起两三年前堂弟刚出生时的场景，亲人们也很开心，尤其是叔叔和婶婶。

外婆似乎担心我因为家族添了新成员而觉得自己受到冷落。表弟刚出生那天吃晚饭时，外婆对我格外热情，一直要往我碗里盛汤。但我那时碗里还有饭，我又不喜欢在饭里加汤，便拿着碗一直躲。“逍遥啊，大家也还是会很疼你的！”外婆和蔼地笑着，还摸摸我的头。“外婆，我都这么大啦，我可一点儿都不在意这个！”我放下碗，摆摆手。

在大人的回忆中，我四岁时大舅妈刚生下表妹，我竟然把送给妈妈的一个自制小礼物拿了回去，并噘着嘴说：“现在有表妹了，你们都更喜欢她，不喜欢我了。我要把礼物拿回去，不送给你了！”听了这个故事，我忍不住捧腹大笑：我当时竟然是那么想的啊！不过我现在可一点儿都不记得了。

后来的事实也证明，不管我多大，在外婆眼里，我永远是个孩子。因为到我大学快毕业时，小姑又生了一个小表弟。小表弟刚出生那天，我跟外公外婆一起吃饭，外婆依旧是那么热情地往我碗里盛汤。“外婆，不是吧？您还在担心我吃小表弟的醋？天哪，我都快大学毕业了，好吧？”我无奈地摇摇头，又好气又好笑。旁边的外公也忍不住笑了。

初二下学期来临了。这学期要进行生物和地理的会考，于是我们年级开始有晚自习了。每周二、三、四上晚自习，每次晚自习分为两节课。第一节课讲生物或地理，一般是一些知识点的巩固强化和一些题目的讲解；第二节课的前半节是其他科目的补习，后半节则是自习、写作业。全年级同学打乱，晚自习班级是按照初二上学期期末考的年级排名进行分班的。我考了45名，每个班是65人，所以我被分在成绩最好的A班，A班设在我们本班的教室。

## （五）

地理老师姓蓝，他在上课时喜欢用幽默口吻给我们讲中国地理。

生物老师姓吴，很年轻，长得也很漂亮。她的头发及肩，微微染成棕黄色，有时披散着，有时扎成元气满满的丸子头。她的皮肤白净可人，一双丹凤眼，一对柳叶眉，真像小说里的美女。她的穿着简约时尚，令人赏心悦目。

会考迫在眉睫，他俩经常加班加点给我们讲课、讲题。

会考前的几个周末，我和小洲相约一起去图书馆复习。说来也巧，我们在会考前都做了梦，梦到了自己的生物、地理成绩。后来真正考出来的成绩也很有趣：小洲的生物成绩是他梦里的地理成绩，我的地理成绩是我梦里的生物成绩。

老实说，我的生物、地理成绩都不太理想，但这两科都要记入中考总分。只能等到中考的时候，尽力让其他科目多补回来一些了。

## （六）

初三了，班上挂了个中考倒计时，我们将面临一场“重大战役”。

这学期新增了化学课。化学老师戴着一副金丝眼镜，年纪较大，身材高高瘦瘦的，衣着总是十分简朴，骑着一辆老旧的自行车。有个真实的段子：化学老师把自行车停在校门口，结果被收破烂的人捡走了。这段子一传开，惹得我们哄堂大笑。

这一年，我拿到了人生中的第一笔稿费。初二时，我把班级里一些有趣的事情写成了一本小说，书名是《班级辣事串串烧》，投稿给了出版社。半年后，我得到了稿件被选中并出版成书的消息。我爸妈都十分兴奋，把这个好消息告诉了不少亲朋好友。这本小说在班级里被同学们争相传阅，还被班主任没收了一次，不过在我的哀求下，还是还给我了。

这一年，还是我们中学建校40周年。我写的一首关于庆祝母校建校40周年的诗歌有幸被刊登在校刊的“校庆专栏”上。40周年庆典有文艺汇演，规模很大，节目都是高中的学长、学姐们表演的。最值得一提的是，我们班主任也表演了一个朗诵节目，是和高中的一位声音很好听的女老师搭档的。朗诵篇目是《四十年》，内容是高中的一位语文老师写的，情感真挚，文采飞扬。这场庆典活动还放了烟花和礼炮，可以说是十分隆重了。

## （七）

我爸妈一直希望我考上县城一中，毕竟那是全县最好的中学。但我这数学成绩……唉！怎么说呢，虽然我的语文很不错，满分150分，我经常考135分以上，有时还会考到140多分，在年级里也经常排第一名。但要知道，语文拉不开分啊！数学的话，我经常处于及格边缘，而别人高分的都快要考满分了。还有我的化学、物理成绩也都在70多分，政治、历史80多分，英语120多分，也说不上特别出色。想考一中，怕是有点悬了。

这一年，同学们之间那股奇奇怪怪的学习竞争之风暗潮涌动。市质检时杀出一匹黑马——性格文静、平时一直埋头苦学不问世事的陈岳明。他是我妈妈同事的儿子。班里还有一位读书很认真的女生陈小红，性格腼腆的她平时很少跟男生说话，但有时会问我学习语文的诀窍。其实也没什么别的，就是感兴趣、多积累吧！

临近毕业季，大家都在争相传写同学录、交换照片……

中考，看似普普通通的三天，却又不普通。那是关于学习的“重大战役”，关乎去哪里上高中、在哪里接受更好的教育。成绩出来了，我果然没考上一中，小洲、李萌也没考上。许强、陈斌、陈希曦、许丽丽、林明钰、庄慧云、陈小红他们都考上了一中。陈岳明比一中录取线高了30多分，但他决定留在我们镇中学的高中部，当被重点培养的对象。

林宇哲变化挺大的。他初中在（1）班，我们变得不常联系了。我还挺怀念我们小学时一起玩耍的时光，记得当时他成绩也挺好的。不过，每个人都有自己的选择吧。读书不是唯一的出路，但对我来说，却是最好的出路。

说来也真是挺舍不得那些一直在一起的好朋友的，但我衷心祝福他们在一中有更好的生活。愿友谊长存！

# 第四章、肆意青春的起步

青春，永远自由如风，
肆意、张狂，神采飞扬。

## （一）

初三的时候，班主任给我们每个人安排了考试对手。每次月考、质检考或者模拟考都要比成绩，输的人要给赢的人买一个两块钱的面包。我的对手是一个文静乖巧的女生，魏雨琳。平时的考试大多数是我赢她，但中考时我却输得一败涂地。后期发奋图强的她，也以黑马之姿考上了一中。

这个暑假前期，我被爸妈连拉带拽地拖去县城补习初高中数学衔接。

这个暑假过得忙碌且充实。转眼开学了，我们迎来了崭新的高中生活。我和小洲相约一起去报名交学费，顺便看看分班的情况。很开心，我们俩被分在了同一个班级——高一（2）班，我们还相约要做同桌。

接下来，就要融入新的班集体了。

初中同学陈岳明在实验班（1）班[我们年级一共有2个实

验班，另一个是（10）班，按照中考成绩分班的]，且排名年级第一。这是自然的，毕竟他的中考分数高出了一中录取线30多分。

报完名的第二天，就正式开学了。我们的班主任是个戴眼镜的男老师，教语文，看起来很随和。他好像格外重视我，说军训期间让我每天组织一些同学去扫公共区。这是要让我当班长或者劳动委员吗？可我没经验呀！

我感觉班里的同学也都挺随和的，有一些还是我的初中同班同学，比如李萌、王强等，这让我对即将展开的高中生涯充满了期待。

通过聊天，有些同学的名字我总算记住了，至于能不能跟人对上号那就另说了。

## （二）

紧接着，军训就要开始了。我们认识了给我们军训的教官吕飞。他是一名海军，身着一袭白色军装，又高又帅，器宇轩昂。

军训刚开始时，我们都在练习“齐步走”“左右转”“跨立”“稍息立正”等军姿，挺累的，而且每次休息时间只有5分钟。

直到教官说要教我们唱军歌，我们才打起精神来。我们一起唱了《团结就是力量》，我被同学们推选为主唱。唱完后，教官问："有谁会唱《军中绿花》？"寂静了1分钟后，一个名叫林宗义的同学举起手说他会唱。于是他便唱了起来："寒风飘飘落叶，军队是一朵绿花……"后来，这个同学去当兵了，你们说，这算不算一个伏笔呢？

军训第二天，休息时间教官又组织我们唱军歌。我们一起唱了《打靶归来》："日落西山红霞飞，战士打靶把营归……"我们青春活力、慷慨激昂的歌声响彻校园。

军训第三天，教官说我们"齐步走"还有些不整齐，需要多加训练，并给我们调整了位置。在这军训期间，我们同学之间，以及我们与老师、教官之间，逐渐熟悉起来，也不断增进了友谊和师生情。

军训第四天，教官教我们拉歌，教了一些很有意思的顺口溜："××班，来一个！来一个，××班！""一二三，快快快！一二三四五，我们等得好辛苦！一二三四五六七，我们等得好着急！一二三四五六七八九，你们到底有没有！""叫你唱，你就唱，扭扭捏捏不像样！像什么？像绵羊！""东风吹，战鼓擂，要拉歌，谁怕谁！"我们笑着学，然后还唱了一遍《军中绿花》，最后还和隔壁的高一（1）班拉歌。我们两班的同学都喊得脸红脖子粗，不过都很开心。

军训第五天的下午，就是军训汇演了。汇演之前，教官又带领我们鼓舞了士气，这让我们信心百倍。

军训汇演正式开始，初一年级的比赛结束后轮到我们高一年级。我们班是第九个入场的，我们带着紧张的情绪，却又信心满满，跟着教官的口令迈着铿锵有力的步伐，做出指定的军姿完成了汇演。过了主席台之后我们都松了一口气，有几个女生着急地问教官："教官，我们表现得怎么样？""不错，很好！小伙子们、姑娘们，你们棒极了！"教官微笑道。

然后，每个班评选了两名训练标兵去领奖，我们班评的是我和蓝歆。据说这是班主任和教官一同讨论出来的结果。我很荣幸地得到了奖励——一本荣誉证书和一个本子。再然后，每个班派一位代表去给教官献礼，我们班主任叫蓝歆去。蓝歆一回到队伍里，大家便争相问她礼盒里是什么东西。据说里面是一个圆柱体的东西和一本书。

"现在，开始公布军训汇演比赛结果。"主席台上的领导发言了，"初一年级……高一年级，获得精神文明奖的班级是——高一（2）班！""耶！"我们高兴得跳了起来。"获得第三名的是高一（10）班，第二名是高一（1）班，第一名是高一（9）班！"好吧，原来我们就相当于第四名啊。我们不免有些垂头丧气。“其实能得奖就不错啦，你们想想看，十个班呢！”班主任安慰道。

宣布完评比结果后，各班又开始拉歌，一片欢声笑语。

之后，我们便回教室了。军训的结束，也意味着教官即将离开。教官在教室里作了发言：“这几天和同学们相处，感觉大家都很认真、勤奋、阳光。大家都明白，坚持就是胜利！同学们也用极好的精神面貌获得了精神文明奖！而大家也要谨记——流血流汗不流泪，掉皮掉肉不掉队！同学们用实际行动给军训生活画上了完美的句号，也希望大家迎接学业上更大的挑战，争取做得更好！”教官话音刚落，教室里便响起了热烈的掌声。

接下来，教官又和我们一起唱起了《军中绿花》。这时，每个同学的眼里都闪着泪光……

我们依依不舍地和教官分别，每个人都感觉自己收获满满。我们学到了坚持、守纪、忍耐、分享，这些都是宝贵的精神财富啊！这一次的军训，也给我们留下了绚烂的青春回忆。

再见了，同甘共苦的教官；再见了，潇洒难忘的军训！

## （三）

军训一过，就正式上课了。班主任让我组织一些男同学去图书馆搬新课本，准备发给大家。

竞选班委的时候，我和蓝歆等六位同学上台发表了演讲。班主任并没有用投票的方式，而是自己决定，说要斟酌一晚上，顺便也把座位表定下来，搞得我们都有点儿忐忑。

隔天，班主任宣布了班委名单。班长是蓝歆，团支书是我，副班长是陈艺磊，学习委员是杨真真，宣传委员是陈小洲，劳动委员是林婉容，组织委员是李萌，纪律委员是王强，生活委员是陈雨娜，体育委员是庄志辉，文娱委员是张小玲。语数英课代表和文科政史地课代表都是女生，理科物化生课代表都是男生。班级一共分为五组，各组的组长也都定下来了。

“接下来，我们请杨老师给我们讲话！”班主任说。我们都很纳闷——这个杨老师是谁呢？只见一个穿着绿色短袖蕾丝花边上衣、白色七分裤，扎着一个清爽的马尾，脸蛋圆圆的，戴着眼镜的大学生走进来，我们拼命鼓掌欢迎。

听了杨老师的自我介绍后，我们得知她的名字叫杨羽涵，今年读大四，是过来实习的，这学期要配合我们班主任带我们一整个学期。紧接着，她跟我们探讨了学习方法，交流了心得。发言完毕，又是“啪啪啪”的一阵掌声。

末了，班主任说：“女生们心理方面要是有一些问题，可以跟你们的实习班主任杨老师交流，男生的话，找我就行了！”全班大笑。

下课后，班级的大部分女生便朝杨老师围了过去，叽叽喳喳地问东问西。

高一生活正式拉开了帷幕。班里的同学都很好相处，下课时我们男生经常去打篮球，一般是体育委员庄志辉带队。他个子很高，孔武有力，在他面前我真是自愧不如。

“我们来选首班歌吧？”这天，班长蓝歆走上讲台说。“好啊。”作为团支书的我附和道，“《我的好兄弟》怎么样？”这首歌也是当时的热门歌曲。“好啊好啊——”全班男生统统附和我。“唱啥？这歌适合女生吗？！”李萌一如既往地嘴碎，“选班歌就得选大家都适合唱的！我感觉有首歌不错，《没有什么不同》，歌词很励志，旋律也很好听！”李萌刚说完，便打开音乐播放器放了起来。哎，确实不错，不过，我还是比较喜欢《我的好兄弟》。

这时，班长蓝歆也附和了李萌：“是啊，《没有什么不同》好听！”“还行，不过，选哪首还是要大家决定。投票怎么样？”我话音刚落，庄志辉便附和我了：“选《我的好兄弟》的举手！”全班男生齐刷刷地举手。“选《没有什么不同》的举手！”蓝歆说。全班女生齐刷刷地举起了手。

得，我输了。为啥？因为班级女生的人数比男生多呗！

这时，只见刚才一直沉默的杨老师拿起一个小音箱，放出了这首歌，还拿出一张印满字的纸，让写字最好看的学习委员杨真真走到讲台上往黑板上抄歌词。

等等？歌词咋就打印好了？

我看向杨老师，她正冲着李萌和蓝歆“诡异”地笑。怎么感觉这就是她们事先商量好的？

## （四）

一天，上美术课时，美术老师教我们画了一幅画，发现时间还剩十五分钟。“同学们，这十五分钟咱们来放松一下，来唱歌吧！”美术老师说。

“唱班歌！”几个女生喊道。“唱班歌多没劲儿啊，让会唱歌的同学轮流上去唱吧。”庄志辉说，说完看向我，“团支书，上！”“别别别，我今天嗓子不大舒服。”我佯装咳了几声。“我来！”王强把手举得高高的，自告奋勇。“好，你来。”美术老师示意他上来。

于是，王强走上讲台唱了一首《童话》，那唱得可真是相当动情，如果不是高潮部分破音，那就更完美了。

下课后，隔壁班（1）班的班长林祺来找我借课本，他忘记带物理课本了。

“嘿，逍遥！”林祺一脸八卦地问我，“刚才你们班是不是有人在唱歌？”“是啊。”我点点头。“得，那首《童话》唱破音了，我们班那可都听得见！哈哈哈！”林祺大笑。

## （五）

最近，我发现班长蓝歆和体育委员庄志辉也有点不对劲。

“班长，我来擦吧！”下课，本该轮到蓝歆擦黑板，庄志辉却走上前去一把抢过黑板擦，“你去休息会儿，刚才那节数学课笔记记那么认真，肯定累了。”

“我都说过了，别总叫我班长了。”蓝歆笑了笑，语气比平时温和许多，“不过，谢啦！”她转身回到座位。

得，又是两个配合默契的班委。

“逍遥，小洲，我跟你们讲。”李萌凑过来，跟我和小洲说，“我昨天去看班长QQ空间留言了，那啥，庄志辉给她留的言啊，挺有意思的。什么‘一班之长，以身作则，佩服！运动会加油，咱们班靠你了！’啧啧啧，这体育委员当得真负责！”我和小洲一听，也觉得庄志辉挺支持班委工作的。想想也是，身高近180、皮肤黝黑、孔武有力的体育委员，为班级事务上心，挺好的。

“听说庄志辉初中时就是热心肠呢。”林婉容也凑了过来，“我一朋友，初中跟庄志辉在一个班的，说他特别乐于助人。好像有次班上有个同学生病住院，庄志辉就组织大家，买了件白色T恤，全班同学都在上面签名写了祝福语！他还代表班级穿着那件衣服去医院探望呢，把老师都感动坏了。”“哇！这消息，真暖心！”李萌竖起大拇指。“看不出来哈，庄志辉这么有集体荣誉感，小生佩服。”我忍不住朝着庄志辉的座位作了个揖。

“后来那同学康复了吧？”小洲问。“当然啊！”林婉容说，“你看，这不是，现在对咱班长的工作也这么支持吗？班委之间互相配合，咱们班才能更好呀！”

这时，庄志辉走下来了，我们几个都对他露出了友好的笑容。

得，真是的，跟这几个女生待久了，搞得我越来越关注咱们班的团结氛围了。

# 第五章、青春，有点潇洒

潇洒的不是青春，而是我们。

## （一）

校运动会要开了。班长蓝歆和体育委员庄志辉开始进行运动员名单的登记。

“你参加啥？”庄志辉问我。“那啥，你帮我报男子400米和800米吧！”我挥挥手，佯装潇洒地说。其实我跑步并不快，但是作为班委，要以身作则嘛。

班长蓝歆报了女子跳远和女子400米，庄志辉报了男子铅球和跳高。小洲没参赛，他被杨老师安排去当班级宣传队队长了，主要负责收集班级同学给运动员写的加油稿件并交到广播站。我们班的文娱委员张小玲是广播站的成员之一。

班级分为后勤队、宣传队、啦啦队（除了运动员之外的每个同学都安排在内）。后勤队主要为运动员服务，负责给运动员端茶送水，还要打扫班级卫生，队长是劳动委员林婉容，副队长是生活委员陈雨娜。宣传队主要负责给运动员写加油稿件，队长是宣传委员陈小洲，副队长是语文课代表林淑云。啦啦队主要负责给运动员加油呐喊、鼓舞士气，队长是组织委员李萌，副队长是学习委员杨真真。我们其他几个班委都有参赛，所以没有担任什么队长。

蓝歆、杨真真、陈雨娜、李萌一起制作了班牌，整体设计是蓝色底，下面有水波纹，上面写着“高一（2）”，板子后面贴着一对白色翅膀。我和小洲还一起去广告店定制了开幕式走方阵时手里拿的旗，上面的文字是“高一（2）班，齐力上攀，策马金鞍，梦想扬帆。”这也是我们的口号。在方阵队前举班牌的是我们班一个个子高挑、长得很漂亮且很有气质的女生。

校运动会如火如荼地进行，为期三天。这是我第一次感受校运动会，毕竟学校也是因为刚铺了塑胶跑道才得以举办运动会。校运动会的奖项我们班拿了个大满贯，虽然我没有得名次，但也为我们班获奖的同学们感到开心。校运动会闭幕式后，我们全班在主席台前一起拍了集体照，定格了我们最美好的笑脸。

激情飞扬的校运动会，是我们张狂的青春里浓墨重彩的一笔。

## （二）

校运动会结束后，我们就面临期末考试了，也面临与杨老师的分别。

“再见，大家，我要走了。”杨老师站在讲台上，眼睛里闪着泪花。班级里的女生们也都哽咽着。我很舍不得杨老师，但我不能哭，因为“男儿有泪不轻弹”。

“天下无不散的宴席。同学们，让我们祝杨老师有更好的未来吧！”班主任的话语和神情也透露着不舍。

我们合唱了班歌《没有什么不同》。这时，蓝歆拿着一个精美的礼物袋走上讲台递给杨老师，好几个女生也都上去送了礼物。杨老师朝我们道别后，便拿着礼物离开了教室。

我赶紧从后门冲出去，掏出我给杨老师的礼物递给她。那是一本书，里面夹着一张纸，纸上是我为她写的诗歌：

“还记得，那天的午后，
你乘着暖风走进我们的教室。
你穿着绿衣服，白裤子，
向我们介绍了你的名字。
然后，我们高一（2）班发生了很多有趣又精彩的故事：

选班歌，开班会，校运动会，那些温暖又快乐

的日子。

亲爱的杨老师，你就像一个天使，

与我们交流学习方法，对我们关怀无微不至。

亲爱的杨老师，永记得你的名字，

希望你记住我们班级，以及与我们相处的故事。

忘不了你的容貌，还有你的笑容，

我知道你对我们真的很好。

我想要你永远扬起嘴角，

让你一直开心，不让你烦恼，

因为你，在我们心中，

是那么的重要。”

杨老师看得满眼泪花，她轻轻地抱住了我：“谢谢你，逍遥。”

## （三）

高一下学期，日子按部就班地进行着。

期中考过后，我们又迎来了一次大型活动——“三个一

工程”成果展。活动要求全校每个班都至少要有一件手工作品放在图书馆展览，同时还有文艺汇演。同学们可以自主报名节目给班级的文娱委员，再由文娱委员把节目名单报到学校团委处。

我们班报了两个节目。一个是小品《把握现在》，剧本是我和小洲一起写的，后来又被我们班学生会文体部成员王强拿去给对演小品颇有经验的学生会主席（高二的一位学长）润色了一下。小品的情节大概是“学霸”与“学渣”在班级里发生的啼笑皆非的故事，以及他们后来出社会后的情形。陈雨娜演“学霸”，王强和林同演“学渣”，李萌演老师。另一个节目是爵士舞《Cry Cry》，表演者是蓝歆、杨真真等五个女生。

在团委会筛选节目的时候，我们都去围观了。很开心，我们班的两个节目都被选上了！

至于我们班的手工作品嘛——班主任似乎有点“摆烂”，拿了一大块展板，把我们班平时的一些照片贴在上面，并写了一些文字。虽然看起来有点简单，但也很有意义。

“三个一工程”文艺汇演当天，主持人——我们的文娱委员张小玲穿着一袭优雅的黑色长裙，搭档广播站站长（高二的学长）闪亮登场。之后，便是精彩的节目表演了。其他班让我印象最深刻的是我们年级（3）班的礼服西装时装秀和（9）班的环保时装秀。特别是（9）班的时装秀，创意非凡，大家穿的衣服都是用废物利用制作的，材料包括光盘、塑料袋、蚊帐、报纸等。而（3）班的表演者都是俊男靓女，堪称我们年级的颜值担当。

当然，还有一个节目给我留下了深刻印象：一位穿着一袭白裙、梳着一根长长麻花辫的女生演唱了《我们都是好孩子》。她悠扬的歌声响彻校园，唱完后，观众们的掌声久久不息。后来才知道，她名叫赵嘉楠，是我们年级（2）班的同学。

## （四）

这天轮到我们组做值日，蓝歆在教室角落捡到了一封信，牛皮纸信封，摸起来厚厚的。

“逍遥，你看看，这是什么呀？”蓝歆拿来问我，“看起来好像是挺重要的东西，不像普通纸条。”我接过来，用手掂量了一下。“嗯，确实。咦，这上面写着——康禹州收？康禹州？”蓝歆想了一下，“哦！是初三年级的一个学弟，他也是班长，初三（3）班的！之前开全校班长大会时我们认识了，交流过班级管理经验。我去拿给他吧，可能是重要的学习资料或者同学留言呢。”“嗯嗯，好。”我点点头。奇怪，给他的东西，怎么会在我们班呢？

两天后，我在放学回家路上遇到了几个认识的学弟学妹，他们都在讨论一个关于“神秘信件”的事情。

“神秘信件？”我好奇地问，“什么情况？谁收到了？”“我们班班长康禹州啊！”学妹兴奋地说，“听说是高一年级的一个学姐写给他的呢！那个学姐好像叫……蓝什么的……哦，蓝歆！啧啧啧，那文采可好了！写了好多鼓励的话和学习方法！‘愿你如展翅的雏鹰，在知识的天空勇敢翱翔！’”“还有一句也很棒！”学弟补充道，“‘康禹州，你的名字，是初三（3）班奋进的象征！加油！’哈哈，学姐真是用心良苦啊！”

我赶紧打断他们：“等等！那封信不是蓝歆学姐写的！是我们一起做值日时她捡到的。她说认识康禹州，以为是谁落下的重要东西或者给他的留言，就帮他送过去了。所以，那其实是一封……鼓励信？”“对啊！”学妹点头，“内容可励志了，满满都是对学弟的肯定和祝福！还有学姐分享的笔记重点呢！”

我恍然大悟：原来是封鼓励信！信封那么厚，难怪以为是重要资料。蓝歆真是热心。

“那太好了！不过，”我拍拍学弟的肩膀，“你们回头跟康禹州和同学们说清楚哈，信是蓝歆捡到并好心转交的，但内容不是她写的，别误会了。”

翌日中午，我看到蓝歆趴在桌上，眼圈红红的，李萌在旁边轻拍她的肩膀安慰着，庄志辉也站在一旁，轻声说着什么。李萌见我过来，小声告诉我："蓝歆委屈坏了，她被误会是那封给康禹州的信的作者了。"我连忙走过去："蓝歆，别难过，我昨天遇到康禹州班上的同学了，已经跟他们解释了信是你捡到转交的，不是你写的。""我……被误会写了那种私人信件，我真的特别委屈……"蓝歆抬起头，声音带着哽咽，"我捡到信根本没看内容，只觉得可能是重要的东西才送过去的……现在被传成这样，感觉像侵犯了别人的隐私，好难受……"

"没事的，蓝歆，你做的没错，是捡到失物及时归还。"我安慰她，"而且信的内容是正面的鼓励和学习分享，是好事。只是大家现在误会了来源。收信人或者他们年级应该会去弄清楚真正是谁写的。"

后来才知道，那封信是初三（1）班的一位女生写的。这位女生性格比较内向，但非常佩服康禹州作为班长的责任感和学习态度。她整理了各科学习笔记和鼓励的话语，想匿名送给他，为他中考加油打气。那天她来我们年级找表姐借复习资料，经过我们班时被精美的黑板报吸引，驻足观看时不慎将信从口袋滑落。

这些是我在后来一次放学路上听那位初三（3）班的学妹说的。不知道他们是怎么找到真正作者的，也许是字迹，也许是那位女生看到误会后主动说明的。不过，是谁写的并不重要了。

年少时，同学之间互相欣赏对方的优点——也许是学习上的勤奋，也许是为班级服务的热情，也许是某项突出的才艺——并愿意用真诚的话语去鼓励对方，一起进步，这份心意是纯洁而美好的。一封匿名的鼓励信，承载的是对同伴的认可和对共同目标的追求，是青春里一份特别的、温暖的回忆。

这让我想起了赵嘉楠同学。她在“三个一工程”文艺汇演那专注投入的演唱，那悠扬动听的歌声，不仅展现了才艺，更传递出一种为热爱而努力的光芒。这种为了目标认真付出的样子，确实让人印象深刻……

# 第六章、青春期的唯一秘密

长长的目光缠绕进了风中，
我感受到了从未有过的悸动。

## （一）

高二了，我们进行了文理分科。我和小洲都选择了文科，我被分到了（7）班，小洲被分到了（8）班。我们班选文科的同学中，还有林婉容等人也被分到了（7）班。而我们班选理科的同学，除了几个被分配到理科实验班（理科实验班是根据高一下学期期末考成绩来分班的，文科没有实验班）的（1）班和（2）班外，剩下的都被分配到了（5）班。（5）班的班主任还是我们高一时的班主任，（5）班的班长是庄志辉，因为蓝歆被分配到了实验班（2）班。

## （二）

高二，又是一个崭新的集体。我们班毕竟是文科班，所以女生居多，男生只有十来个，而我就成了“珍稀动物”。我的同桌是林祺，也是小学时就认识的老朋友了，只是之前一直都没有同过班。

林祺高一时就在实验班，如今高二他选了文科，第一次期中考就考了年级第一。我的数学成绩依旧没有起色，虽然我偶尔会请教林祺一些问题，但请教是一回事，听不听得懂又是另一回事。

在高二（7）班，我是语文课代表，林祺是学习委员，班长是一个挺漂亮的女生，叫朱珠，坐在我们前面。我们的后桌是历史课代表王鑫，外号“小胖”，以及他的同桌——政治课代表陈睿。

我们的班主任姓蔡，也是政治老师，我们都叫他“老蔡”，不过可不敢在他面前叫，因为有个同学有一次胆大包天地当面直呼他“老蔡”，结果你们猜怎么着？他被罚扫了一星期的教室地板！老蔡是个尽职尽责且幽默的老师，他可以把生活中的任何一件事与哲学课本里的知识相贯通。

我们班的其他老师也都很幽默，上课时“金句”频出：

老蔡：“那个能让你们头发柔顺的是什么东西，就是能让头发滑溜溜的……哦，护发素！”

语文老师：“美人计不管在什么时代都很好用。”“这节课上自习哈，但是只能读语文，不要让我看到你们在做数学考卷！”

数学老师："骑白马的不一定是王子，也有可能是唐僧。""得选择题填空题者得天下！"

英语老师："这怎么会难，很简单，哪里有你们数学难？""得阅读题者得天下！""你们不要整个晚上都在做数学题，分点儿时间给英语。"

地理老师："世界太大了，我也是刚知道有这样一条河流。"

历史老师："考试的时候你们一定要冷静、沉着，不要意气用事！"

这些幽默的老师，给我们的学习生活增添了不少乐趣。

## （三）

这天，我和林祺一起去五楼的办公室拿作业本。走到半路，林祺突然停了下来，朝着前面走廊的方向轻轻示意："快看，那是（2）班的赵嘉楠！"

我顺着她的目光望过去。

午后的阳光正好洒在走廊上，只见赵嘉楠同学正倚着窗边，专注地捧着书。她扎着利落的马尾，微低着头，口中念念有词，显然是在认真背诵或复习。阳光勾勒出她专注的侧影，那份心无旁骛的投入感，让人不由得心生敬意。

“她可是咱们年级的标杆人物，”林祺压低声音，语气里满是佩服，“学习顶尖，能力强，待人接物也特别温和友善，综合素质真的没话说！”

我不由得停下脚步，被眼前这幅沉浸于学海的画面所吸引。那份专注和自律，正是我所向往却仍需努力的状态。她用实际行动诠释着什么是优秀。

“走啦，逍遥！别打扰人家学习。”林祺轻轻拍了拍我的胳膊，提醒道。

我这才回过神来，意识到自己的停留可能不太合适。我赶紧收回目光，心里涌起的不是别的，而是对这份勤勉与优秀深深的钦佩。赵嘉楠同学专注学习的身影，如同一个清晰的榜样，再一次深深印在了我的脑海里，提醒我也要更加努力才行。

## （四）

这学期我们班又来了一位实习班主任，叫陈晶，和我们高一时的杨老师一样，就读于我们本市的师范大学，是大四的学生。高二比起高一，莫名地多了一丝紧张感。作为班里为数不多的男生之一，我似乎找不到高一时随意与同学们称兄道弟的感觉，只能拼命让自己适应班级氛围，努力啃知识点，好好学习。

11月末，校运动会的开幕式如期而至。我们穿上了统一的班服，是米黄色格子的。“你看，（2）班的班服跟我们很像！”林祺向不远处指过去。果然是。他们的班服也是米黄色格子的，只不过款式略有差异。

## （五）

这次校运动会我没有参加项目，而是担任了班级宣传队队长，负责收集班级宣传稿并送到广播站。

自打上高中后，紧张的学业让我们每天都得晚自习到十点。即使是校运会期间，老师们也常利用晚自习时间讲解习题或巩固知识点。

校运会第二天晚上，是陈晶老师看管班级。大家都完成作业后，她看着我们略显疲惫的神情，笑着说：“看大家白天加油也累了，晚上放松一下吧？我们来玩个轻松点的游戏——大冒险挑战赛，怎么样？不过，主题得跟学习沾点边哦！”这个提议立刻得到了响应。

于是，我们大家围坐起来。陈晶老师拿出一支笔放在中间桌子上旋转。笔尖滴溜溜地转着，最终缓缓停下，指向了林婉容！她成了第一个“挑战者”。她抽到的挑战任务是——到隔壁（8）班门口，随机找一位同学，向他请教一个你最近没搞懂的学科难题。

我们顿时来了兴趣，小声起哄。陈晶老师笑着鼓励：“没事，虚心请教是美德！去吧，等挑战完成，我陪你一起去道谢。”

林婉容深吸一口气，走向（8）班门口。正巧，一个男生大步流星地走出来，一下子被我们班热情的小胖和陈睿“拦”住了去路（怕他走太快错过）。那男生一脸茫然。林婉容鼓起勇气走上前，虽然脸颊微红，但声音清晰地问：“同学你好！打扰一下，我是（7）班的林婉容。我最近在复习物理的力学部分，对牛顿第三定律的应用题总是有点卡壳，能……能请教一下你的解题思路吗？”她飞快地问出了准备好的问题。那男生愣了一下，显然没想到是问这个，但很快反应过来，认真地开始思考回答。林婉容听完，道了谢就赶紧跑回来了（毕竟还是有点紧张）。陈晶老师果然笑着过去，再次向那位热心的（8）班同学道谢并说明是游戏挑战。我们这群看热闹的，也被林婉容勇敢请教和那位同学认真解答的样子逗乐了。

第二个“挑战者”轮到了我们班长朱珠。她抽到的挑战更有意思——制作一张“学霸挑战卡”，匿名送到（9）班一位你认为是“学霸”的同学桌上。卡片上要写一道你认为有挑战性的学科题目（附上你的答案），看对方能不能解出来或者有没有更优解。

朱珠的脸“唰”地红了，我们更好奇她会出什么题。“别紧张，”陈晶老师提醒，“题目出得有水平就行，不用署名。”

朱珠思考了一下，拿出纸笔，精心设计了一道数学综合题，并在卡片背面工整地写上了自己的解答步骤。她来到（9）班窗外，看到靠窗位置坐着一位模样清秀、正在看书的男生。朱珠深吸一口气，迅速将“学霸挑战卡”放在他桌角，然后像只受惊的小鹿般飞快跑开了。那男生拿起卡片，看着上面的题目，露出了先是困惑、继而专注思考的表情。过了一会儿，我们班的林钰主动去说明了情况（因为她认识那男生）：“别奇怪，那是我们班玩的‘大冒险挑战赛’，那张卡是挑战卡，没有恶意的，并希望你能解答这道题。”那男生听了之后，微微一笑，就用笔写出来答案。结果与朱珠写在背面的答案一致。林钰告诉我们，那男生叫吕恩，确实是（9）班的大“学霸”，人很温和。有趣的是，后来，不知道是因为一起参加学科竞赛集训，还是因为这次“挑战卡”开启的关于解题思路的讨论，我和吕恩相识，并渐渐成了可以交流学习、互相切磋的好朋友。那次的“大冒险”，倒真成了学习的桥梁。

## （六）

校运会圆满落幕，迎来了闭幕式。虽然我们班在奖项总数上不算突出，但班上的几位“女将”在短跑、跳高等项目中展现出的拼搏精神和飒爽英姿，实在令人钦佩，也让我们这些男生深感要加倍努力才行。

运动会的热潮退去，我们又迅速回归到紧张的学习轨道上。偶尔，赵嘉楠同学在光荣榜上名列前茅的身影会浮现在我的脑海中。赵嘉楠同学能稳居年级前列，她的勤奋、专注和学习方法必定值得学习。她就像一座灯塔，提醒我唯有不断提升自己，变得更优秀，才能不负这宝贵的高中时光。

我与赵嘉楠并无交集，仅仅是在年级活动或榜单上知道她。但正是她耀眼的学业成就和作为年级标杆的存在感，让我印象深刻。

那个周末，一个念头突然冒出来：为什么不能向更优秀的同学请教学习经验呢？抱着取经和探讨学业的想法，我向一位认识（2）班同学的朋友询问了赵嘉楠的QQ号。庆幸那位朋友并未多问缘由。

加上QQ后，我礼貌地发送了消息：“赵嘉楠同学你好，我是（7）班的李逍遥。经常在光荣榜上看到你的名字，对你出色的学业成绩非常佩服！一直希望能有机会向你请教一些学习方法，不知是否方便交流？” 措辞上我反复斟酌，生怕显得唐突或打扰到她。

很快，她回复了：“你好，李逍遥同学。谢谢你的认可。交流学习方法当然可以，很高兴认识你。” 回复简洁而客气，带着一种属于优秀者的从容。

## （七）

会考临近，学习气氛愈发紧张。这天，班主任老蔡宣布了一个好消息：“为了帮助大家冲刺会考，这周六早上八点，我特意请了两位理科班的尖子生——（2）班的赵嘉楠和杨子辰来咱们班给大家讲题、答疑。他们都是非常优秀的学生，也是我高一带过的，思路清晰，讲解耐心。大家要抓住机会，好好请教！”

赵嘉楠？听到这个名字，我精神一振，坐得更直了。这可是年级顶尖的“学霸”！能近距离听她讲解难题、学习她的思路方法，绝对是提升自己的好机会！这个周六的补习，我非来不可，而且要带着最需要解决的难题来！

周六早上八点，我准时来到教室，班里已经有不少同学在埋头复习了。同桌林祺没来，他基础扎实，有自己的复习节奏。过了一会儿，杨子辰和赵嘉楠如约而至。赵嘉楠穿着一身简约的卫衣，头发利落地扎成马尾，整个人看起来精神奕奕，带着一种专注而沉稳的气质。

他们被安排在第三组后面的空位，一人负责一桌。我立刻翻开《会考纲要》和模拟卷，快速浏览错题，心里盘算着：该请教哪道题最能暴露我的思维漏洞？既能解决我的困惑，又能从她那里学到高效的解题方法？最终，我选定了一道关于电路分析的物理题，这道题我反复出错，思路总是卡壳。

我拿着卷子走到赵嘉楠桌前，礼貌地说："赵嘉楠同学你好，能麻烦你帮我看看这道物理题吗？我尝试了几次，但对这个环节的分析总是不太清晰。"我把卷子递过去，指着那道题。

"哦，李逍遥同学。"赵嘉楠看到卷子上的名字，微笑着说，"原来是你。之前你在QQ上说想交流学习方法，这次正好。"

"嗯，"我点点头，有些意外她还记得，"那次是真心佩服你的学业成绩，想取经来着。"我也想起之前学校升旗仪式上，政治处主任还表扬过我出版小说《班级辣事串串烧》的事。虽然学习上还需努力，但这份认可也让我明白，找到自己的优势并为之努力很重要。

赵嘉楠没有多提QQ的事，立刻专注于题目本身。她拿起笔，一边在草稿纸上画图，一边条理清晰、语速适中地讲解起来：“这道题的关键在于理解这个等效电阻的转换，你看这里……” 她的讲解非常透彻，逻辑严密，重点突出，一下子点醒了我之前的误区。我赶紧收敛心神，全神贯注地听着、记着，生怕漏掉任何一个关键点。心里默默提醒自己：这正是我需要的！要学她的分析思路！

题目讲完，我豁然开朗，连声道谢：“明白了！太感谢了，你讲得真清楚！” 带着满满的收获和清晰的思路，我立刻回到座位，开始重新梳理这道题，决心要把这种分析方法吃透，变成自己的东西。

这次近距离向赵嘉楠同学请教的经历，让我更真切地感受到了优秀学子的扎实功底和高效思维。这不仅仅是一次答疑解惑，更像是一次标杆学习。它无声地激励着我：见贤思齐，唯有加倍努力，锤炼自己的学识与能力，才能在未来的学习道路上走得更稳、更远。

# 第七章. 年少情怀总如诗.

我把你写成了诗句，
蘸上四分清风，五分月色，还有一分微醺.

## （一）

会考迫在眉睫，紧接着就是期末考，时间像拧紧的发条，每一分每一秒都格外珍贵。空气中弥漫着紧张的复习气息。

这天晚上，为了更高效地解决疑难，我鼓起勇气去了理科实验班（2）班自习。当然，事先征得了他们班长的同意，理由很充分也很坦荡：“咱们年级的理科尖子大多集中在这里，遇到难题随时能找到高手请教，效率更高！”抱着厚厚的复习资料，我踏进了这个“学霸”云集的教室。

环顾四周，果然看到了不少熟悉的面孔。赵嘉楠也在，她坐在一个靠窗的位置，暂时没在刷题，正专注地翻阅一本《读者》杂志稍作放松。

我找了个她前排的空位坐下，心无旁骛地摊开《会考纲要》，开始攻克今天的错题集。遇到实在卡壳的物理题，我深吸一口气，转过身，带着求知若渴的真诚请教道：“赵嘉楠同学，打扰一下，能帮我看看这道题吗？力学分析这里，我的受力图画了好几遍总觉得不太对劲。”我把习题本推过去，指着困惑的地方。

“嗯？这道题啊。”赵嘉楠放下杂志，接过本子，目光迅速扫过题目，“这里的关键是摩擦力的方向判断，容易出错。你看，在这个运动趋势下……”她拿起笔，直接在草稿纸上清晰流畅地画出受力分析图，思路清晰，讲解耐心细致，瞬间点破了我的盲点。

“哦！明白了！原来这里忽略了相对运动趋势！谢谢！”解决了这道难题，我备受鼓舞，立刻投入下一轮复习。遇到拦路虎，就及时向身边的“高手”请教，绝不拖延。就这样，做题、思考、请教、再巩固，时间在专注的学习中飞快流逝。

转眼快到晚自习结束时间（9点50分）。我抓紧最后的机会，指着纲要上最后一道关于安培定则（原大拇指定则）的综合题：“赵嘉楠同学，最后再请教一下这道题？安培定则和磁场力叠加这块，我有点混乱了。”

“没问题。”赵嘉楠立刻进入状态。她没有碰我，而是熟练地拿起笔，在草稿纸上一边画图一边讲解：“你看，首先要明确电流方向，然后用安培定则判断磁感线方向……接着分析另一根导线在这个磁场中的受力……这样一步步来，就很清晰了。” 她的讲解条理分明，逻辑严谨，像一把钥匙解开了我思路的锁。

“太感谢了！讲得非常透彻！” 我豁然开朗，连声道谢。快速收拾好书本和资料，想再道声谢时，发现赵嘉楠已经悄然离开。

背着沉甸甸的书包走在回宿舍的路上，脑海里还回响着刚才清晰的解题思路，心中充满了解决难题后的踏实感和对知识的掌握感。晚风轻拂，吹散了疲惫，也吹动着对即将到来的会考更坚定的信心。

回到宿舍，我丝毫不敢松懈，又拿出《会考纲要》，把今天请教过的、以及自己标注的易错题重新梳理了一遍。

明天，还要把理化生的课本重点再快速过一遍！

会考，我准备好了！对着窗外的夜色，我暗暗握紧了拳头，眼中闪烁着全力以赴的光芒。

## （二）

今天考下来，我感觉物理有点难，但生物和化学都很简单，比我想象中简单多了。这次会考，我感觉应该能过，至于分数高不高，其实也无所谓了，毕竟会考成绩也不计入高考。

期末考紧接着会考而来，马不停蹄的。这天晚上，我也开始复习语文、数学、英语、政治、历史和地理的书了。

紧张的期末考终于过去了，我总算是松了一口气。

班主任通知说，期末考后一天，有一位牙科博士来学校开讲座，感兴趣的同学可以去大教室听。

“小洲，你对这个牙科博士的讲座感兴趣吗？”我在回家的路上问小洲。虽然我们已经分班了，但这丝毫没有影响我们之间的友情，我们还是经常一起上下学。

“感兴趣啊！明天一起去吧！”小洲笑道。

## （三）

这学期，终于没有了物理、化学、生物这三科的困扰，我感觉自己的世界一片清净。

会考成绩出来了，我的成绩除了物理是C，化学和生物都是A。反正及格就行，几分不重要。

这天下午的政治课上，班主任提到了市级学科竞赛的事情。他说物理、化学、生物和语数英会从理科实验班各抽两位同学去参加，而历史、地理、政治则从文科四个班各抽两位同学去参加。

我看了一眼“学霸”同桌林祺，他的额头开始冒出了紧张的汗珠。他这汗珠可不是白冒的，毕竟他是顶尖级的文科“学霸”，历史、地理、政治三科肯定有一科会叫他去参加的。

“逍遥，你语文不错，你可以去试试。”后桌的小胖碰了碰我的后背，说。

“老师不是说会抽实验班同学去参加吗？那就没我什么事了，而且我能力也不够吧。”我耸耸肩。其实我内心还是挺想去参加这个竞赛的，但我觉得应该不会叫到我。

结果，在历史老师和教政治的班主任轮番让林祺去参加自己教的学科的竞赛，而林祺无奈之下只能选择政治之后，语文老师来找我了。

“逍遥，实验班（2）班的班主任，也就是他们班的语文老师陈老师，让你去参加语文学科竞赛。考的是高中必读的七本名著。你准备一下，还有一个月的时间。”说完，他就离开了。

呃……说好的抽实验班的同学去参加的呢！

我正想这么喊道，紧接着就听见了同桌林祺的奸笑，他的画外音是“总算可以拉你跟我一起去了”。

谁也不知道，我嘴上说着自己能力不够，比赛好难好麻烦，但我心里其实是在偷笑的。

然而，后来我和同桌林祺基本忘了这档子事，直到班主任通知还有一个礼拜就要去县城一中参加学科竞赛了，我们才想起来。

又过了几天，临时抱佛脚的我和林祺一脸茫然地被通知去开会，所有参加学科竞赛的同学都聚集在年级办公室。

赵嘉楠一脸惊讶地看着我，问："你也有参加啊？参加什么？"

"语文。"我回答。

我知道她为何惊讶，毕竟其他人都是排名文理科年级前十的"学霸"，而我虽然语文不错，但排名被数学、英语拖得很惨，自然也不算前列，也就是传说中的"偏科"了。不是"学霸"却来参加学科竞赛，这自然让人惊讶。

"后天周六要考了，早上八点在学校门口集合。往返车费30元，大家文理科的分开交一下。"年级主任说着，点明了收钱的文理科负责人。

"怎么是周六！不是周日吗？"我一脸懵。

"20日，是周六没错啊！"（1）班的米兰说。

"啊，哥们儿，我明明记得语文老师给我的单子上写的就是20日，是周日啊！"我对林祺说。

林祺挠挠脑袋："啊？20日真的是周六没错哎。"

"啊……那完蛋了，我还想着周六读一天的名著，然后周日考试呢！那还是周五晚上赶工吧，先把这几天的期中考熬过去了再说！”此时的我已陷入了崩溃的境地。

一旁的语文老师笑道：“看来是单子把时间印错啦，但也只是周六和周日错了，日期还是对的啊。”

年级主任也笑了：“哈哈，人家都是记几月几日，哪有只记周几的啊！”

## （四）

我想知道竞赛考场在哪里，于是去了（2）班。听说（2）班后面墙上贴着一张学科竞赛考场地点的单子，我决定去把竞赛考场地点抄下来。

来到（2）班，映入眼帘的是（2）班班长何轩热情的笑容：“嗨，逍遥！”

“嗨！”我回应道，“市级学科竞赛的地点贴在哪里？”

“在教室后面的墙壁上。”何轩一边说，一边指过去。

我走过去，想拿笔记下来，却发现自己只带了一张纸，忘记带笔了。

我环顾四周，发现坐在后面的人都不认识。这时，我突然看到赵嘉楠在第一组的最后一个座位上安静地写着作业，我便小心翼翼地走过去："嘿，能把笔借我用一下吗？"

赵嘉楠点点头，开始找笔。她把笔借给我后，我把考试时间记下来，把笔还给她，道了声谢。她只是笑笑，便继续认真做作业了。

## （五）

周五晚上，我以走马观花的速度浏览完七本必考名著。周六一大早，我起来做"最后的挣扎"——再看几道练习题。

到了学校，我上了学校专门送同学们去竞赛的客车。

大概过了一个小时，我们到达了县城一中考点，竞赛开始了。语数英三大主科的考试时间是两个半小时，其他科目的考试时间是两个小时。因此，我和参加数学、英语竞赛的同学会比参加其他竞赛科目的同学晚些出考场。

铃声一响，我交了卷。有些题目其实我是瞎猜的，尽管不知道能考出什么成绩，但至少轻松了。

我回想起刚才在车上，看到作为年级领导的语文老师一脸自豪地和其他老师谈笑风生，心里就默默地哀叹：老师啊，在今天这些参赛同学中，我可是您指导的唯一一个学生啊！要是我的成绩出来了，您可就笑不出来了！感觉我会给您丢脸啊！

# 第八章、少年心事若青柠

捉摸不透的心事，
是青柠一样的故事。

## （一）

春天悄然而至，天空湛蓝如洗，只飘着几缕薄云。大家纷纷脱去厚重的冬装，换上了轻便的长袖单衣。

这天下午放学，我让小洲先回去，自己则拐去了图书馆。连续的学习让人有些疲惫，我想找本课外书换换脑子，放松一下紧绷的神经。

刚走进图书馆大门，一个熟悉的声音从身后传来：“嗨，逍遥，也来借书啊？”

我回头一看，是赵嘉楠，脸上带着一贯的亲切笑容。“是啊，想找本散文看看。你呢？”我自然地回应道。

“我想借本《弟子规》，”赵嘉楠解释道，“学校最近不是在推广‘新八德’吗？每天早读都要用。真不巧，我那本不知道放哪儿找不到了。”

“原来是这样。”我点点头。我们便一同走进图书馆。

我径直走向散文区，很快找到了心仪的书。借完书出来，正好看到赵嘉楠也从借阅处出来，手上却没有书。

“没找到《弟子规》吗？”我关心地问。

“嗯，”她有点无奈地笑了笑，“图书馆里现有的几本都被借走了。”

“这样啊……”我想了想，一个主意冒出来，“对了！我知道学校外面那家书店好像有卖《弟子规》的小册子，挺便宜的。我一会儿正好要路过那儿，顺道帮你买一本吧？明天带给你。”我主动提议道。

赵嘉楠眼睛一亮：“真的吗？那太麻烦你了逍遥！谢谢啊！”

“别客气，举手之劳嘛。之前你帮我讲题，不也花了不少时间？”我摆摆手，觉得能帮上忙挺好。

第二天，我如约带着在书店买的新《弟子规》小册子，来到（2）班教室。赵嘉楠正坐在窗边位置，看到我，脸上立刻绽开笑容，快步走过来。

“逍遥，谢谢你！还特意跑去帮我买。”她接过小册子，语气真诚，同时把买书钱也递给我。

“没事没事，正好顺路。”我把书递给她，接过买书钱放进兜里，看到她脸上明媚的笑容，感觉就像这春日暖阳一样，让人心情舒畅。同学之间这种真诚的关心和帮助，总能让人感到格外温暖。

“那我先回去啦。”我笑着道别。

“好，拜拜！再次感谢！”她挥了挥手中的小册子。

走出教室，外面春光明媚。能帮同学解决一个小困扰，自己也觉得挺开心的。

## （二）

这天，年级主任也就是我们（7）班的历史老师来我们班监督晚自习，和颜悦色地跟我和林祺说：“不错啊，你们俩！都得了二等奖。这次咱们学校去参加比赛的有18个同学，每科2个嘛，结果有5个同学获奖了。其中1个是理科的，其他都是咱们文科的，分别是语文、历史、地理、政治和生物。不错啊，再接再厉！”

“真的？”我和林祺不可置信地对视了一下，毕竟我们俩都是临时抱佛脚的人。

“老师，怎么查？”林祺问。

年级主任说：“登录咱们市教育网就可以查到了，在首页的那个市级学科竞赛获奖名单里。”

“好的，谢谢老师。”林祺点点头。

我也把查询步骤记下来了，回到家一查，还真是。我和林祺以及竞赛历史的一个同学得了二等奖，地理和生物的同学得了三等奖。地理得奖的是（10）班的魏杰，生物得奖的是赵嘉楠。

## （三）

今天天气晴好，阳光明媚，是个适合大扫除的日子。

邻居学弟想借《会考纲要》复习，我便到储物间帮他找书。

在储物间角落翻出那本有些落灰的《会考纲要》，轻轻拂去封面上的灰尘。翻开书页，映入眼帘的是熟悉的字迹——那是赵嘉楠同学当年帮我讲题时留下的解题步骤和重点批注。看着那些清晰工整的笔记，我的思绪不由得被拉回到那段紧张备考的时光。

脑海里清晰地浮现出她当时耐心讲解的样子：“你看，这道题的关键是受力分析，应该从这个角度切入……” 或者偶尔带着点无奈却依然认真的提醒：“哎，这题的原理课本上第 × × 页讲得很清楚哦，是不是没复习到位呀？” 她的讲解总是条理分明，一针见血，让我这个物理困难户受益匪浅。

看着这些笔记，我的嘴角不自觉地带上了笑意。赵嘉楠同学不仅学业优秀，更难得的是她那份乐于助人的耐心和清晰的表达能力。回想起来，那时虽然我们算不上特别熟悉的朋友，但我却成了她答疑桌前的“常客”。原因很简单——她讲题特别透彻，解题思路异常清晰，总能帮我拨开迷雾，找到问题的关键。向她请教，效率特别高。

如今再翻看这些笔记，心里除了对知识的重温，更涌起一股由衷的感谢。确实，那时候占用了她不少宝贵的复习时间。想到这里，我不禁有些过意不去：是不是该更正式地道声谢呢？

这份来自同学的真诚帮助，是高中生活里一份值得珍藏的温暖回忆。

## （四）

这天，我去学校附近的书店买书，目光扫过书架角落，发现几本落满灰尘的书。

拿起来一看，是两三年前的《理科高考金刊》。

“老板，”我问书店老板，“这些书怎么还在这？积了这么多灰。”

“唉，那是老版本了，”老板摆摆手，“学生们嫌旧，都不买，堆在那儿占地方。你要感兴趣，直接拿走好了。”

“真的吗？那太谢谢了！”虽然我是文科生，但里面的英语和语文板块内容经典，还是很有参考价值的。我高兴地收下了这份“意外之财”。

回到家，整理着这几本期刊，一个念头突然清晰起来——这不正是答谢赵嘉楠同学的好机会吗？会考复习那段紧张的日子，她耐心地帮我解答了不少难题，这份同学间的互助之情我一直记在心里。现在正好可以用这些资料做点什么，表达我的谢意。

我知道赵嘉楠的生日在期末考最后一天（6月11日），那时大家肯定都忙着考试。不如提前把这份心意送出去。

送什么好呢？看着手中的《理科高考金刊》，我有了主意。赵嘉楠理科成绩优异，这些期刊虽然版本旧了些，但核心的解题思路、经典题型和详细的答案解析，对喜欢钻研的她来说，或许仍有启发和参考价值。

我找到一本厚实的笔记本，细心地将期刊中我认为最有代表性、思路最精妙的理科题目和解析剪贴下来，分门别类整理好。为了让它更有意义，我还在每章开头空白处，工整地摘抄了几句关于坚持、探索和追求知识的励志格言。在笔记本的扉页，我认真地写了赠言。

赠赵嘉楠同学：

感谢你在会考复习期间给予我的无私帮助！你清晰的解题思路和耐心讲解，让我受益匪浅。这份资料汇集了一些经典题型和解析，希望能对你未来的学习有所助益。祝你学业进步，前程似锦！

同学：李逍遥

我将精心制作的剪贴本放入一个干净的牛皮纸文件袋中（简单实用，适合装学习资料）。随后，我通过QQ给赵嘉楠留言："赵嘉楠同学，你好！一直非常感激你在会考前抽时间帮我解答物理难题，那份耐心和清晰的思路真的帮了我大忙！最近整理了一些旧的理科学习资料，觉得里面的解题思路很经典，或许对你也有点参考价值。想提前送给你当作一份心意，表达我的感谢。如果方便的话，明天中午一点半，教学楼靠近女生公寓那边的楼梯口见？"

赵嘉楠很快回复了："李逍遥同学，你太客气了！会考能帮上忙我也很高兴，同学之间互相帮助是应该的嘛。不过你这份心意真的很用心，还整理了资料，太感谢了！说实话，我很期待看到这份学习宝典呢！明天见！"

## （五）

第二天中午，阳光明媚，气温颇高。

我提前五分钟就到了约定的楼梯口（靠近女生公寓的教学楼楼梯口）。既然是主动邀请同学，自己理应早些到。我安静地等着，不一会儿，就看到赵嘉楠步履轻快地走来。

“嗨，逍遥！等很久了吗？”她笑着打招呼，额头上带着点细密的汗珠。

“没有没有，我也刚到一会儿。”我微笑着回应，随即拿出准备好的牛皮纸文件袋，“这个，给你的。”

“哦？是什么呀？”赵嘉楠接过文件袋，好奇地掂量了一下，又摸了摸形状，“这就是你整理的学习资料？”

“打开看看就知道了。”我也挺期待她看到内容后的反应。

赵嘉楠小心地打开文件袋，拿出里面厚实的笔记本。她翻开扉页，看到我写的赠言，眼神亮了一下。接着，她仔细翻看着里面精心剪贴的经典题目、详细的解析以及那些励志格言，脸上渐渐露出惊讶又感动的神情。

“天哪……逍遥！”她抬起头，声音里充满了真诚的惊喜，“这些都是你整理的？太用心了！这么多题目，还贴得这么整齐，还有这些格言……哇，这份心意真的太贵重了！昨天你说是学习资料，我还以为是一本参考书呢。”她轻轻抚摸着笔记本的页面，“真的……真的很谢谢你！这比任何礼物都实用，我太喜欢了！”

看着赵嘉楠如此珍视这份凝聚了心意的学习资料，我的心里也涌起一股付出得到认可的满足感和帮助同学后的由衷高兴。“别客气，能帮上点忙就好。你喜欢我就放心了。”我由衷地说。

“嗯！超级喜欢！”赵嘉楠小心翼翼地将笔记本放回文件袋，然后很认真地把它抱在怀里，“这可是凝聚了同学心意的‘学习宝典’，我一定好好用起来！”

看到她真心实意的喜欢和那份对待心意的郑重，我感到特别欣慰。同学之间，真诚的帮助得到真诚的回应，这份情谊如同正午的阳光一样，温暖而明亮。

“那，我先回去啦？”我指了指教室方向。

“好！再次谢谢你，逍遥！”赵嘉楠抱着文件袋，笑容灿烂地挥手道别。

# 第九章、凑巧中的缘分.

那些不期而遇，
都是生活给予的惊喜.

## （一）

这天，我逛书店时随手翻了本杂志，看到一则全国中学生“新人杯”校园文学比赛的内容。投稿方式还挺简单的，且题材不限。我便琢磨着：要不要写点儿啥？

近日专注于会考和期末考的我，已经很久没有接受自己喜欢的课外文学的熏陶了。正好放暑假了，除了做暑假作业和复习功课，可以抽点儿时间来写写文章。

“嘿，逍遥，明天傍晚去海边不？”今晚我刚铺好稿纸拿起笔，便接到了初中同学林弘一的电话。这位仁兄性格热情直率，经常呼朋唤友。

“海边烧烤吗？”我问，“没烧烤我可不去。”

“当然。”林弘一说。

于是，我们约了小洲等兄弟，还有林婉容、李萌等几个女生，买了不少烧烤食材一起来到了海边。看着海天一色的美景，我们的心情也感到十分舒畅。作为组织者的林弘一，还带了一个大烤架和一张凉席（用来放东西），美其名曰“传家宝”。

烧烤烤好了，把我们累得满头大汗。

我拍了一些照片，想把这一欢乐情景跟赵嘉楠分享，如果她喜欢的这种活动的话，说不定下次可以一起参加。我手指点开QQ对话框，选了几张拍得不错的照片。正准备发送时，一丝犹豫掠过心头：我们虽然因为学习互助和那次送资料熟悉了些，但毕竟不同班，日常交集不算多。突然分享这么多生活照片，会不会显得有点冒失？打扰到她？

也许，等以后有更合适的契机，比如下次见面时再告诉她吧。想到这里，我立刻收回思绪，将手机放到一边，开始忙着烧烤的事情。

## （二）

历经几日的构思与打磨，我终于完成了一篇散文《美人吟·红颜泪》。我将文稿打成电子档，仔细校对后打印出来，按照杂志上的收稿地址郑重地寄了出去。接下来，便是怀着期待与忐忑的心情等待回音了。

在创作这篇文章的过程中，为了更生动地刻画古代才情女子的形象，我调动了平日里观察积累的素材——那些优秀女同学们专注解题时凝神思考的侧影、交流时自然流露的笑意、或是讨论问题时眼中闪烁的智慧光芒。这些源自生活的观察，帮助我更快地捕捉到了笔下人物的神韵，也使得写作过程顺利了不少。

暑假过半，不知同学们都在忙些什么。一天，想到之前赵嘉楠提到英语是她的薄弱项，我便在QQ上发去问候：“赵嘉楠同学，暑假好！英语复习进展如何？有没有遇到什么难题？”

过了一会儿，她回复了：“谢谢关心！最近……一边自己复习英语，一边也在静养休息。”

“静养？是身体不舒服吗？”我关切地问。

“嗯，之前不小心受了点皮外伤，不严重，就是需要点时间恢复。别担心。”

“那就好，好好休息，身体最重要！祝你早日康复！”我回复道。

说来也巧，几天后我骑自行车时也不慎摔倒，手臂擦伤了。想起赵嘉楠也在养伤，莫名觉得这巧合的经历也算是一种“同病相怜”的同学缘分吧。

疼痛之余，反而多了一份可以互相打气的共同话题。于是我在QQ上分享了这个小意外：“说来好笑，今天骑车不小心也摔了一下，擦破点皮。看来暑假运动也得注意安全啊！”

赵嘉楠很快回复了安慰：“啊？你也摔了？严不严重？好好消毒包扎，别沾水。我们都要快点好起来！”

又过了些日子，手臂伤口开始结痂。这时，收到了赵嘉楠发来的消息：“嗨，李逍遥，你手臂的伤恢复得怎么样了？”

“正在慢慢结痂呢，谢谢你还惦记着！”我回复道。看到同学的关心，心里确实涌起一股暖意。这份来自同窗的真诚问候，在暑假里显得格外珍贵，也让人感到温暖和被记挂的美好。

## （三）

在暑假即将过去的时候，我收到了来自全国中学生“新人杯”校园文学大赛主办方的回信。哇，一等奖！我高兴极了，把这个消息告诉了爸妈，他们也很开心。

“今晚煮点儿好吃的，犒劳一下你！”妈妈笑道。

几天后，新学期开学了。我又参加了一个全国性的征文比赛，主题是“复兴中华，我的中国梦”。我将作文命题为《瑟鸣东方韵，情系中国梦》，整篇作文采用了小标题的形式。写完后，我又自己修改了一下，然后交了上去。这篇征文获得了全国三等奖。

哎，这让我一丁点儿都不愿意经历的高三，还是来了。

我们开始进入复习模式。因为高一、高二的课程都结束了，全年级就从高一上册开始复习，一科一科地来，一本一本地过。

## （四）

进入高三后，每个人都异常紧张，我也逼迫自己要好好学习，更加努力，哪怕不能做到“头悬梁锥刺股”，努力程度也要过得去。

特别是我的同桌林祺，变得更为认真，也更为沉默寡言，一副要冲刺重点大学的架势。当然，我相信他可以做到。

今天，我高一的生物老师魏老师（现在教理科实验班，也是学生会的指导老师）在晚自习时把我叫出去了。

我迷糊了——叫我干吗？

只见老师手里拿着一张纸，纸上写了好几个名字。他指着其中我的名字，说：“这次奖学金颁发仪式你要做获奖学生代表上去领奖，明天课间操时间来团委办公室走一下上台领奖的队形。”

啥？我……这么厉害吗？

我仔细思考了一下，也是，我最近拿了两个作文方面的奖项，都是在全国征文大赛中获奖的。在我们学校奖学金评选中，这类奖项属于最高等级的特等奖。

我瞥了一眼老师手里的名单，看到我的名字和赵嘉楠、施霖连在一起。

“老师，那赵嘉楠和施霖也是和我一样，作为学生代表上台领奖的吗？”我问。

“是的，一个年级选三位，咱们高三年级是你们三位。”魏老师笑笑，带了些许自豪，“这两位一个是（1）班的，一个是（2）班的，都是我教的。”

我心里小小地雀跃了一下！

第二天的课间操时间，我去了团委办公室门口等候，赵嘉楠和施霖都还没来。

正当我左顾右盼时，学校团总支书记赵老师叫了我一声：“逍遥，你上去把校运会开幕式要用的鼓搬下来吧。”

“好。”我点点头。

正当我灰头土脸地扛着从满是灰尘和蜘蛛网的仓库里搬出来的鼓下楼时，看到的第一个人是赵嘉楠。她正笑着，也算是跟我打招呼吧。

我把鼓摆放好，（1）班的理科“学霸”施霖来了，他笑着跟我和赵嘉楠打了声招呼。

这时，魏老师突然冒出来，开始给我们排队形。

接着，老师又教了我们该怎么走上台接受领导颁发的奖状，以及步子要怎么迈。可见，这确实是一个很隆重的活动。

## （五）

11月9日到了，那是非常隆重的一天——三个活动（三个一工程开幕、校运动会开幕、奖学金颁发）同时举行仪式。

听完了学校领导的讲话后，我听到有人在叫我，于是转过头去，发现是团总支书记赵老师。她示意我去叫一下施霖和赵嘉楠。因为我们高三（7）班的队伍距离赵嘉楠他们（2）班的队伍较近，所以我先叫赵嘉楠。

“赵嘉楠——赵嘉楠——”我的声音穿过（6）班、（5）班、（4）班、（3）班的队伍，直达（2）班，引来众人纷纷侧目，这让我有点儿不好意思。叫了几声后，赵嘉楠终于听见了，回过头来冲我笑了一下。

“你叫一下施霖，咱们走吧。”我说。

于是，我们三人并肩走着。

我们走到领奖台旁边，领取奖状并排好队列。我就站在赵嘉楠旁边。

这时有个当“礼仪小姐”一会儿要帮忙递奖状的学妹叫了一下赵嘉楠的名字，赵嘉楠应了一声，学妹又叫了一下表示没听到。赵嘉楠笑着凑过来对我耳语道：“她怎么一直都没听到？难道我说得很小声吗？”

这时，领导叫学生代表上台领奖，我们一个个按照队形走上去。我对应的领导是我们姊妹中学的校长，赵嘉楠对应的是县教育局的一名领导。

颁发完奖状后，领导们都冲我们竖起大拇指，并且笑得十分和蔼。

之后，团总支书记赵老师让我们这些学生代表们去参与学校创始人的纪念馆揭幕仪式。我、赵嘉楠、施霖一起走，施霖走得比较快先走到前面去了，我和赵嘉楠并肩走。

揭幕仪式结束后，我们走到楼下，我看到（2）班班主任和团总支书记赵老师在聊天。他们看到赵嘉楠，笑得很灿烂，叫她走过去。

赵老师问：“嘉楠最近学习状态不错吧？”

（2）班班主任笑着点头：“是啊，期中考又考了班级第一，年级第二。”接着回过头问赵嘉楠：“这是你姐姐吧？”

赵嘉楠和赵老师相视一笑，然后赵嘉楠回答：“是堂姐。”

旁边的我才恍然大悟过来：是啊，她俩都姓赵。

他们一直在谈论赵嘉楠的学习，我心里不禁感慨：赵嘉楠真是优秀，我要向她学习，更加努力，争取也能取得好成绩！

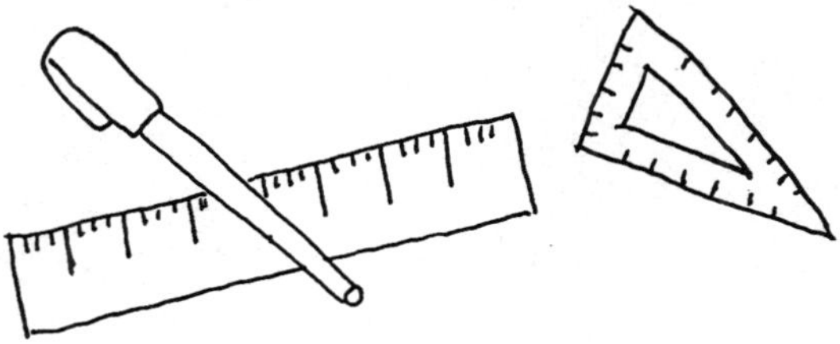

# 第十章. 关于高考的碎碎念.

高考是一站，也是一战.

## （一）

这次校运动会，我依然没有作为运动员参赛。和去年一样，我承担着将班级宣传稿送到广播站的任务，用文字为赛场上的健儿们加油助威。

这是我经历的第三次校运会，最初的新鲜感或许淡了些，但看着同学们在赛场上奋力拼搏的身影，那份想要为他们呐喊、祝福的心意，依旧真挚而热烈。

早上比赛告一段落，我准备骑自行车回家。经过停车场时，无意间瞥见高三（2）班的帐篷下，赵嘉楠同学正疲惫地靠坐在椅子上，神情显得有些不适。

我停下脚步，走过去关切地询问：“赵嘉楠，你还好吗？看起来不太舒服？”

同班的何轩在一旁解释道：“她刚才跑八百米拼得太狠了，有点拉伤。”

“啊，拉伤了？严不严重？”我立刻问道，语气里带着对同学状况的关心。800米是极其考验耐力和意志的项目，她能坚持下来并全力以赴，这份拼搏精神本身就值得敬佩。

赵嘉楠对我疲惫地笑了笑，问道：“你呢？今年有参加项目吗？”

“没有，”我摇摇头，坦诚地说，“运动确实不是我的强项。不过能在后方写写宣传稿，为像你这样的运动员们鼓劲加油，尽一份力，我也挺满足的。”我真心觉得，能为班级的荣誉贡献自己擅长的方式，同样有意义。

赵嘉楠听了，露出一个理解的、带着点疲惫的笑容：“这样啊，呵呵，辛苦你了。”

“那你好好休息，千万别勉强，让腿伤快点恢复。”我真诚地叮嘱道，然后向她和何轩道别，“我先回去了，你们也注意休息。下午比赛继续加油！”

走出帐篷，阳光正好看着同学们为班级荣誉挥洒汗水，甚至带伤坚持，这份集体凝聚力和拼搏精神，总是让人心生敬意和温暖。我也要回去好好构思下午的宣传稿了！

## （二）

校运动会结束不久后，迎来了冬至。班主任老蔡叫了几个班委去他家搓汤圆，我也是其中一个。我们几个同学一边聊天一边搓汤圆，搓了一大锅汤圆。老蔡把煮好的整锅汤圆绑在摩托车后座上，载到学校，端到班级。大家看到的那一刻，发出“哇”的一声，又惊又喜。贴心的老蔡还给我们每个同学准备了一个一次性碗和一把一次性勺子。大家利用晚自习的一点儿时间吃起了汤圆，既开心又感动。

之后，学习又步入正轨，毕竟我们都知道，高考迫在眉睫。

班上的艺体生们都去集训了，班级里有几个位置空了出来。

话说，我们高三年级分了两个高职班，理科报高职的都分到了（6）班，文科报高职的都分到了（10）班。而原本在（6）班和（10）班的不报高职的同学要被拆开分到其他各个班级。

当时我和我爸妈讨论要不要报高职班。我爸妈说还是参加6月的高考吧，让未来多一些可能性。

高职班要参加的是春季高考，只需要考语数英和计算机，而且他们春季考完试就放假了，会有一个七八个月的漫长假期。

高职分班后，我们班也多了许多新面孔，但我们一个个都投身于紧张的高考复习中。

临近期末，高职班的同学们即将去参加春季高考。我们班长决定弄个横幅给高职班的同学们助助威。“逍遥，你文采不错，你来想句话吧，印在横幅上。”班长朱珠说。

我想了一会儿，拿起笔，在纸上写下：“几载春秋凝汗水，征途奋战王者归。”祝高职班的同学们旗开得胜。

## （三）

再过几天，高职班的同学们就要前往县城参加考试了。我突然想写一首诗歌送给他们，题目就叫《走向希望，抵达梦想》。我认识两个高职班的班长，于是我把诗歌分别写在两张纸上，交给他们。他们拿到后，分别在各自班级用投影的形式展示给同学们看。

粉笔唰唰在黑板上摩擦
延伸成天边黄昏落日出现的晚霞
描绘出我心中最美好的祝愿
你们选了和我们不同的路
几日后将要抵达去向未来的远方
选择像照亮道路的灯塔
光辉伴着学业 向梦想出发

也曾经有过犹豫的失望

最后幸而能把它变成坚定的希望

也曾经有过泪水的蔓延

最后幸而有笑容在你们的脸上

祝福你们啊

梦想要守护永远不变

才能让自己跌倒也能起来继续向前

若你们恐慌，别怕，有我们在你们身边

鼓励你们并肩走好高职之路

越过地平线

隔天，便是我们为他们送行的日子。我们举着横幅，目送载着他们的大巴驶向前方，心里充满了不舍，但更多的是对他们的鼓励和祝福。加油，高职班的同学们！愿我的诗歌能带给你们力量！

## （四）

送别了高职班的同学们后，我们的期末考就到了。而高三下学期，在一个寒假之后，也猝不及防地来临了。

这个学期，是中学时代的最后一个学期了。更厚的卷子压来，更多的练习挤来……我们很疲惫，也很厌倦，但看着黑板旁的倒计时，又不得不硬扛。班主任老蔡还列出了一个残忍的规矩：同学们按照座号轮流，每天都要有人站起来说："我是×号，距离高考还有×天。"

高考的脚步越来越近了，我一直在背诵知识点，一直在做习题。我想让自己能考得更好一点儿，不想辜负父母、家人，还有老师和朋友们对我的期望。

夜色里，我旋开桌上的台灯——嗯，我一定要更加努力。

桌上的习题集和课本在汗水的浸透中，微微地发黄了。

## （五）

这天，天气格外晴朗，校园里洋溢着青春的气息，因为学校组织大家拍毕业照了！

在熙熙攘攘的人群中，我一眼就看到了赵嘉楠，她穿着他们（2）班自己设计的班服——纯白的T恤上，画着几团跳跃的红色火焰（听说他们买了纯白的衣服让大家自己手绘图案）。这充满活力的图案，就像她平时热情洋溢的性格一样鲜明。那些图案画得真不错，应该是她自己画的吧？

他们（2）班正要去图书馆门口拍集体照。路过我身边时，赵嘉楠脸上绽开灿烂的笑容，冲我用力挥了挥手打招呼：“嗨！”

“嘿！”我也笑着回应，目光落在她衣服上，“咦，你后面怎么空着这么大一片？”

“哈哈，”她爽朗一笑，“留出来收集签名的呀！”

收集签名？这个主意真棒！虽然我们不在一个班，但想到毕业在即，能留下同学们的祝福和名字，也是一份珍贵的纪念。想到这，心里不由得涌起一阵暖意。

整个年级热热闹闹地拍着毕业照，欢声笑语在校园里回荡。但热闹之中，也悄然盘旋起一丝淡淡的、属于毕业季特有的离愁别绪——真的要告别熟悉的校园和朝夕相处的伙伴们了。

集体照拍完后，大家自由活动，纷纷去找好朋友合影留念。我也和几个平时玩得特别好的朋友拍了不少照片，想把这份快乐永远定格。

其实，我心里一直惦记着，也想找赵嘉楠一起合个影。毕竟，虽然不同班，但平时在活动里、操场上也常碰见，聊得挺投机的，她还在学习上多次帮助过我，算是很聊得来的朋友。但环顾四周，一时竟没找到她的身影。

再后来，天色渐渐暗了下来。我心想：“能一起拍张照，留下这份珍贵的同学情谊该多好。”

## （六）

2015年6月1日，儿童节，班主任带了不少零食分给我们吃，把我们当小孩儿了。

这天，也是我们高三（7）班的最后一节班会课，每个同学都要上台发表毕业感言。很多人都哭了，班主任也哭了。我唱了一首关于毕业的歌曲《纪念》，高音没唱上去，破了音，引来了同学们善意的哄笑。

毕业季，骊歌那么近，那么近。

毕业季，离别那么近，那么近。

2015年6月4日。这天，是大家收拾东西准备回家的日子。明天，全年级的同学要一起到县城熟悉考场，准备参加高考。

我还没跟赵嘉楠合影呢！心里一紧，猛然意识到：今天可是中学时代的最后一天了，错过今天就真的没机会了！

在教室帮几个同学收拾东西时，眼角的余光正好瞥见赵嘉楠经过门口。我赶紧放下东西，几步追了上去："嘉楠！"

"嗯？"她停下脚步，转过身，脸上带着熟悉的笑容。

"那个……我想跟你合个影，留个毕业纪念，可以吗？”我有点不好意思地挠了挠头，感觉这个请求有点突然。

“当然可以啊！这主意好！”她爽快地答应，笑容更灿烂了，“想在哪儿拍？我们现在就去！”

“嗯……主席台那边光线和背景都不错，你看行吗？”我提议道。

“好呀，走！”赵嘉楠欣然同意，转身就和我一起朝主席台走去。

太阳晒得有点热，我暗自庆幸她没觉得我这个临时邀约太冒昧。我们一边走，一边聊起刚才拍毕业照时的趣事和即将到来的假期。赵嘉楠像是想起了什么特别好笑的事情，忍不住咯咯笑出声来。

“想到什么开心事啦？笑得这么开心。”我好奇地问。

“哈哈，没什么，”她摆摆手，笑意盈盈，“就是觉得毕业这天特别有意思，到处都在合影留念！”

走到主席台前，我才发现一个问题：“糟了，没人帮我们拍啊！”

“这有什么难的！”赵嘉楠一副“包在我身上”的表情，自信满满地说，“自拍呗！我们女生可擅长这个了，找个好角度就行！”

“自拍？”我平时很少自拍，有点犹豫，“怎么弄比较好？”

“看我的！”她自然地接过我的手机，熟练地举起手臂，调整着角度，“来，靠近一点，看镜头！笑一个！”

随着“咔嚓”一声轻响，画面定格。看着手机屏幕上并肩而立、笑容灿烂的我们，背景是熟悉的校园主席台，我心里充满了踏实和满足感。终于，在这珍贵的中学时光画上句点前，留下了一张和这位要好的、不同班却彼此欣赏的同学的合影。

毕业季的时光呼啸而过，但能留下这样一张记录着纯粹同窗情谊的照片，真好。它将成为一份珍贵的毕业纪念，提醒我们曾经共同拥有的这段青春岁月。

## （七）

这天，我们全班同学乘坐两辆大巴一起去县城参加高考，有不少学弟学妹来给我们送行，还送了我们零食、贺卡等，鼓励我们。

在车上，我们大家一起玩击鼓传花的游戏，进行考前放松，也为考试助威。经过一天熟悉考场、一天休息之后，高考终于来临了。

6月7日、6月8日，两天时间，就这样终结了我们的中学岁月。

最后一科是英语，考完试后，我并没有那种一下子放松的感觉，反而感到晕晕乎乎的，心情有点沉重，有种说不出的滋味。高考整体来说，我的状态不太好。

算了，先把等成绩的十天过好吧。

成绩出来的那天晚上，我的心里五味杂陈。看着网站上的成绩，那一点点分数，似乎在嘲笑我。我真是对不起所有支持我的人，这么重要的一场“战役”，我却写得潦草，一败涂地……而且，还有对比！我爸妈的一些亲朋好友的孩子也参加了高考，他们都考得很好，这更加凸显了我的差劲。

尤其是我的语文成绩，让我感到特别失望，考得真的很差，从来没有考得这么差过。

手机里的短信提示音和QQ消息声此起彼伏，响个不停，都是来询问我考试成绩的。可我整个人像是被抽空了力气，疲惫感沉甸甸地压下来，连动动手指回复的念头都提不起来。几个小时过去了，窗外的天色都暗了，我才勉强打起精神，撑着一条一条地回复过去。

只是，手指在屏幕上滑动，最终，我跳过了其中一条——是赵嘉楠发来的：“考得怎样？”

她……她肯定考得很好吧？她一直那么优秀，学业上总是游刃有余。想到她一贯拔尖的成绩，再想想自己这次发挥得不尽如人意，心里那份考后的低落和茫然，似乎又加重了几分。面对她的询问，我一时竟不知该如何开口。在她这样优秀的同学面前袒露自己的失利，那份挫败感格外清晰。算了，等心情平复些再说吧。

## （八）

过了三四天，在家人和好朋友们的开导和陪伴下，我低落的心情终于渐渐明朗起来，重新积聚起一些面对未来的勇气。

我拿起手机，主动给赵嘉楠发了消息："这次高考，我考得不太理想。"

"我猜到了。"她很快回复。

"啊？你怎么猜到的？"我有些意外。

"感觉吧，"她解释道，"以前我发消息给你，你都回得挺快的。这次隔了几天才回我，而且跳过了成绩的话题……我想你可能是需要一点时间消化，结果不太如意吧。"

"嗯，确实没发挥好，本科线没够到。"我坦诚地说，但这次语气里少了自怨自艾，多了份平静的接受，"你呢？以你的实力，肯定稳稳过一本线了吧？"

“嗯，是的。”她回答，接着关切地问，“那接下来你有什么打算？考虑复读吗？”

“复读压力太大了，尤其面对新高考模式，我担心自己吃不消。”我认真思考后回答，“我决定了，先去读专科，然后努力通过专升本或者自考，把本科拿下来！路虽然绕一点，但我会一步步走扎实的。”我特意在最后加上了自己的决心。

“这个规划很好啊！”赵嘉楠的语气透着真诚的支持，“条条大路通罗马，重要的是有目标并坚持下去。我相信你能行！”

听到她肯定的鼓励，我心里暖暖的。“赵嘉楠，等你收到录取通知书，一定要告诉我好消息哦！让我也沾沾喜气！”

“没问题！一定第一时间告诉你！”她爽快地答应，“你也一样，不管去了哪里，都要告诉我。以后学习上有什么需要帮忙或者分享的，随时找我！”

“好！一言为定！”我回复道，感觉前路虽然不同，但这份真挚的同学情谊和对未来的期待，让我充满了继续前行的力量。

# 第十一章、中学时代的最后一个暑假.

没有方向，就要寻找方向.

## （一）

从高考失利的巨大悲伤中缓过神来的我，开始思考填志愿的事情了。但我又觉得专科填志愿的时间还很充裕，要到8月才开始，于是我想我可以继续缓缓。

这天，邻居阿姨没空，把她的儿子和侄女带到我家，托我帮忙看着他们写作业。他俩都是小学四年级的学生。

“哥哥，我这篇作文不知道该怎么写。”弟弟把作文本递到我面前。我一看，题目是《童年趣事》。

我拿过来，细细琢磨起来。这时，我的思绪飘飞到了童年时期。

还记得我是在小学五年级才学会骑自行车的。一开始，都是妈妈扶着我的自行车后座。后来，她应该是放手了十几分钟，我不知道，但我还是很自然地骑着。当我发现她放手后，我便摔倒了，这大概是心理作用吧？再后来，摔了无数次的我，终于学会了骑自行车。

童年趣事还不止这些。我又想起小学时跟小伙伴们做过的一些傻事，忍俊不禁。只是有的小伙伴已经很久没联系了，或许大家都有各自的生活吧。

于是我跟弟弟、妹妹讲了这些事情，逗得他们捧腹大笑。

“你们可以想想平时生活中一些有趣的事情。”我对弟弟、妹妹说。

“哥哥，我想到了！”妹妹说，“但是，要怎么开头呢？”

“开头嘛，你可以用排比句和比喻句的形式。看看能把童年比喻成什么。在写这件事的时候，一定要突出它的有趣！你写这件事，肯定是因为它有趣，对吧？当然，也可以直接开始写事，我只是觉得用排比句和比喻句会显得更厉害。”我说。

“我懂啦！哥哥，你真棒！”妹妹笑着夸我。弟弟也对我流露出崇拜的神情。

接下来，他俩各自跟我分享了一些生活中的趣事，我引导他们写成作文。

“还有，写作文的话，开头和结尾都不要太长，中间内容要长一点！标点符号也要注意。”我提醒道。

这时，我突然明白我以后想做什么了！

我看着书架上一排排文学类的书籍，想到平时有小学生（比如我妈妈朋友的儿子、女儿）来我家时，我很喜欢给他们讲故事，也很喜欢跟他们交流。我突然明白了，我知道自己想做什么了。

我明白了！我想当一名小学语文老师！

今天这一契机让我觉得，小学生喜欢我的讲解，对我来说是多么开心、自豪的一件事情。

那么，就这样决定了！

## （二）

专科填志愿的时间较晚，在填志愿前，我想着还有大把时间可以做些其他事情。除了文学，我对“吃”也颇感兴趣，于是我找了一份暑期兼职——甜品店服务员。虽然工资不高，但我也自得其乐。

可惜，在兼职的第五天，我不小心摔伤了，腿上缝了好几针，“兼职之旅”只得作罢，我不得不在家养伤。发小陈斌、许强他们来看我，带来了一些水果，还买了一大包零食，坐在我的床边吃给我看。“哈哈，逍遥啊，你可不能吃！如果吃的话，你的伤就更难痊愈了！”陈斌笑着说。

呵，真是欠揍！

养伤养了很多天，唉，这个暑假又过了一大半，真是浪费。我还没好好玩一下呢，毕竟在家躺着，也只能看看书了。

妈妈给我买了智能手机，我注册了微信，添加了一些同学和亲戚，包括赵嘉楠。

## （三）

最近，听一些长辈说，镇里要办一期“幸福人生夏令营”，是以公益课的形式开展的。老师们都来自隔壁城市的一间书院，学习传统文化多年。这个夏令营的招收对象是高中生和大学生，内容包括学习《弟子规》《论语》等国学经典，以及太极拳、德音雅乐（听、唱一些歌词富含哲理的音乐，有的歌曲还配有手语教学）等。夏令营为期十天，手机需全程上交，实行封闭式学习。这正是我所喜爱的，于是我托我妈帮我报了名。刚好，我的伤也养得差不多了，虽然大概率会留下疤痕，但也没关系，男子汉嘛，小小的伤疤怕什么？

就这样，我参加了为期十天的“幸福人生夏令营”。在国学经典和德音雅乐的熏陶下，以及规律的作息生活中，我收获了许多。在这里，我们每天都要写学习心得，但我一点儿都不觉得这是任务，因为我每天确实有许多感想。在这里，我还交到了一些朋友，有的来自其他城市，甚至其他省份。有个外省的女生很有气质，能歌善舞，多才多艺；有一对来自本省外市的双胞胎女生画画都很厉害；有一个来自外省的男生很有气场，声音洪亮，经常被老师叫上台主持……这真是无比充实的十天。

十天结束得很快。在这里，我每天早晨6点多就醒了，每晚9点多才睡，作息十分规律。但回到家后，我又开启了“睡到日上三竿”的模式，唉，看来自制力还不够。

## （四）

话说，这个暑假都快过去一半了，不知道赵嘉楠都在忙些什么呢？想起毕业前我们约定过要互相告知录取结果，心里就惦记着这件事。

这天，我拿着手机，想着应该关心一下老同学的近况了。嗯，正好可以问问她最终被哪所大学录取了！于是，我发了条消息过去：“嗨，嘉楠，暑假过得怎么样？之前说好录取结果要互相通知的，你那边有消息了吗？”

过了好一会儿，她回复了，语气里带着点尘埃落定的轻松：“终于搞定啦！我被外省的一所工业大学录取了，专业是通信工程。唉，说起来过程还挺波折，一开始志愿没填好被退档了，多亏咱们高中班主任及时帮忙指导重新填报，这才顺利拿到录取通知书。”

她接着又发来一条：“对了，真不好意思啊！我记得毕业时答应过你录取了就告诉你的，结果后面填志愿、等结果那段时间真是忙得焦头烂额，脑子一团乱，就把这事给忘了，实在抱歉！”

“没事没事！完全理解！”我立刻回复，心里挺高兴她最终有了好结果，“填志愿确实是个大工程，能顺利解决就好！恭喜你啊，通信工程听起来就很厉害！”

至于我自己，在认真听取了爸妈和几位比较了解的亲戚的建议后，我的志愿方向也基本明确了。我打算把本市那所专科院校填在第一志愿，它的小学教育专业是王牌专业，口碑很好。而且我的分数在专科里算比较高的，距离本科线也只差一点，录取应该比较有把握。我也在为自己的未来认真做着规划。我把这个情况也告诉了赵嘉楠。

“那太好了！小学教育是培养园丁呢，很有意义！”赵嘉楠真诚地回应道，“看来我们都在为下一站努力啦！祝你顺利录取心仪的学校和专业！以后大学生活开始了，记得常联系，分享分享新鲜事啊！”

“一定！也祝你前程似锦，在大学里大展宏图！”我笑着回复。这份跨越班级、在毕业季互相鼓励和分享未来的同学情谊，真的很珍贵。

## （五）

这天，手机屏幕亮起，竟是赵嘉楠发来的消息："逍遥，下周五是我生日，也是我的十八岁成人礼！我打算在家办个小聚会，邀请几个朋友一起热闹下，你有空来吗？"

收到老同学的生日邀请，尤其是这样重要的成人礼，我真的很开心！感觉毕业了大家还能聚在一起特别难得。我立刻回复："当然有空！成人礼必须到场祝贺！放心，我一定准时到！" 放下手机，我开始琢磨送她什么礼物好。既然是好朋友，又象征着迈入新的人生阶段，礼物得既有心意又有纪念意义。

思前想后，我决定送她一本我一直觉得很有启发性的书，关于成长和自我探索的，感觉很适合即将开启大学生活的她。我还准备了一张生日贺卡，在卡里真诚地写下了我的祝福，回忆了高中时几次印象深刻的交集，称赞了她一直以来的乐观开朗、乐于助人，也提到了她对待学业的认真态度很值得我学习。最后，衷心祝愿她在大学里学业有成，结交更多志同道合的朋友，拥有精彩纷呈的十八岁和未来！写完贺卡，我小心地把它夹在书页里，希望这份祝福能带给她一些力量。

周五下午，我带着精心包装好的礼物，准时来到了赵嘉楠家。一进门就看到不少熟悉的面孔，除了他们（2）班的同学，还有几个像我一样来自其他班但平时玩得不错的朋友。大家热情地打着招呼，很快就聊开了，话题自然围绕着高考录取结果、暑假计划和即将到来的大学生活，气氛轻松又热闹。

赵嘉楠作为主角，穿着一件米白色的连衣裙，搭配简单的凉鞋，头发利落地扎起，整个人显得格外精神又清爽，充满了青春的朝气。我由衷地笑着对她说："嘿，寿星佬，今天这身很精神嘛！"然后把礼物递给她："生日快乐！一点心意，希望你喜欢！"

"谢谢你能来！也谢谢你的礼物！"赵嘉楠开心地接过，笑容灿烂。这时，旁边的何轩也递上了他的礼物："生日快乐！知道你最近在学游泳，送你副新泳镜！"

"哇！太贴心了吧何轩！你怎么知道我需要这个？"赵嘉楠惊喜道。

"哈哈，上次群里聊天你不是提了一嘴嘛。"何轩爽朗地笑道。

我也笑着说："原来你在学游泳啊，下次有机会交流交流心得。"

大家说说笑笑，感觉非常自然。

赵嘉楠的爸爸热情地招呼大家，桌上已经摆满了从外面饭店叫来的丰盛菜肴，还有一个漂亮的生日蛋糕。我们围坐在一起，边吃边聊，笑声不断。切蛋糕的时候更是热闹，几个女生调皮地往赵嘉楠脸上抹了点奶油，她也笑着反击回去，场面欢乐又温馨。

聚会在一片欢声笑语中结束。大家互相道别，约着以后大学放假再聚。走在回家的路上，我心里暖暖的，为能参与好朋友人生中这个重要的时刻而感到由衷的高兴。

晚上回到家，打开手机，看到了赵嘉楠发来的QQ消息："逍遥，今天真的太谢谢你能来！你的礼物和那张贺卡我都看了，写得真好，那些鼓励的话让我特别感动！谢谢你记得那些小事，也谢谢你这么真诚的祝福！在我印象里，你一直是个阳光、真诚又努力的同学，很高兴在高中能认识你这样的朋友！希望以后我们都能在各自的大学里加油，友谊长存！"

看着她的回复，我的嘴角忍不住上扬。得到朋友如此真挚的回应，并且确认了这份珍贵的同窗情谊，这种感觉真的特别好。能被视为真诚的朋友，就是最棒的生日回礼了！我回复道："哈哈，你喜欢就好！生日快乐！友谊长存，未来一起加油！"

## （六）

终于到了我填志愿的日子。我爸妈坐在电脑两旁盯着我填志愿，生怕出了什么纰漏。在他们的监督下，我总算填好了。

过了一些天，我收到了录取通知书，果然被第一志愿录取了。

接下来，就要开启大学时光了。生活，又要拉开新的序幕……

# 第十二章·大学——新的启航

怀揣热爱，奔赴下一场山海。

## （一）

大学开学第一天，我爸带我去学校报名。因为家和学校在同一个城市，所以我们选择包车前往，很方便。学校位于市区，规模不算大，但环境还不错。据说是之前两所师范学校和本市的教育学院合并而成的。我妈妈当年就读于其中一所师范学校，这么说来，我和我妈也算是校友了。

报完名后，我爸就回家了。我提着行李来到宿舍。我的班级是小教152班，宿舍在男生公寓二楼。我简单收拾了一下，舍友们也陆续进来了。我的舍友分别叫林文宇、黄立、钟亦明、张昱凡和卢靖元。大家看起来都挺随和的，尤其是林文宇，一看就很有班长的气质。仔细一问，原来他从小学到高中一直是班里的班长。

“哥们儿，祝你大学继续当班长，等竞选班长时我一定投你一票！”黄立拍了拍林文宇的肩膀说。

我们宿舍除了林文宇是外省的，其他人都来自本省，其中我、卢靖元和钟亦明是本市的。

由于我读的是小学教育专业，我们班男生只有六个，也就是我们宿舍这六个。隔壁宿舍的六个男生中，有三个也是小学教育专业的，是我们隔壁班的同学。另外还有音乐教育专业的男生和美术教育专业的两个男生，其中音乐教育专业的那个男生和我来自同一个县。

这天晚上，我们宿舍一起去外面的一家饭馆聚餐，还喝了点儿小酒。当然，我不喝酒，不知为何就是不喜欢酒的味道。林文宇带着微醺的醉意说：“我大学里的目标，就是要找个女朋友，毕业后娶回家！”其他哥们儿也点头附和。但我心里却十分平静，没有此类想法。

## （二）

隔天，我们的班导学长来了，组织我们全班同学开了个简单的班会。他姓林，比我们高一届，是他们班的班长，帮辅导员带我们，也可以称之为辅导员助理，我们称他为林学长。

林学长通过我们写的初高中简历选了四个临时负责人，分别是林文宇、卢靖元、朱艺娴、张小晴。其中两个女生都长得很漂亮，气质却不同。朱艺娴看起来前卫时尚，大大咧咧，据说擅长跳街舞。张小晴个子高挑，皮肤白净，极有女神气质，走起路来有一种翩跹的感觉，据说从小学习民族舞。

这天晚上，我们听了一个讲座。开学前两周的安排，就是白天军训，晚上听讲座，然后写心得体会。我们的教官是一名陆军战士，比我们大不了几岁。

在这两周的晚上，我们宿舍的几个同学，只要有空就一起到附近散步，或去一些特色饭店吃一些美食。

经过两周的军训后，便是竞选班委了，我们宿舍的好几个人都参加了竞选。林文宇竞选班长，卢靖元竞选副班长，钟亦明竞选生劳委员，黄立竞选体育委员，张昱凡竞选组织委员，我竞选团支书，毕竟我高中时当过，有经验。我的票数是全班最高的，不过林学长说他还要跟辅导员商量一下，班委职位可能会有所调整。在大学里，当班委有加分，自然成了香饽饽，竞选的人还蛮多。

结果出来后，林文宇当了班长，我成了副班长，团支书是朱艺娴，学习委员是张小晴。本来竞选副班长的卢靖元成了心理委员，我们宿舍的其他人则都当上了他们竞选的职位。这么一看，全宿舍都是班委了。

## （三）

又过了几天，院系学生会、青年志愿者协会、社联等组织都开始纳新了，校道上摆满了摊位，令人应接不暇。我们宿舍可积极了，每个人都想加入部门，于是都填了申请表。我和钟亦明都想加入院学生会，我想加入文艺部，钟亦明想加入勤工俭学中心；林文宇和卢靖元想加入系青年志愿者协会；黄立和张昱凡想加入系学生会体育部。

我们各自交了申请表，接下来就等面试通知了。

除了文学，我对音乐也很感兴趣，尤其是京剧。文艺部面试时，我唱了一段京剧《三家店》，结果被选入了。毕竟我们学校爱好戏曲、会戏曲的人并不多。我们班还有一位女生进了院文艺部，她说她是靠一个顺畅的“一字马”被选进去的。

也不知道是被幸运女神眷顾，还是其他什么原因，我们宿舍的人都加入了心仪的部门。接下来，充实的大学生活正式拉开序幕了。

## （四）

这学期的课表出来了，我看了看，我们有一些教育理论类的课程，还有心理健康教育，甚至还有声乐、书法。这么文艺的课程，让我十分惊喜。

这天，我看到校道上又换了一批摊位，我凑过去看了看，原来是社团在纳新。我对文学一直很热爱，二话不说就报了文学社。在我们学校，社团和部门的差别还是挺大的。社团主要以兴趣活动为主，部门则以工作为主。加入部门需要筛选，有学分；加入社团不用筛选，没有学分（社团正副社长除外）。

几天后的一个早上，我收到了文学社社长发来的短信，通知我去参加新生见面会。这意味着我会遇到不少志同道合的文学爱好者吧？我感到很激动，带上纸笔，兴高采烈地飞奔到指定地点。

到了那间教室，我找了个空位坐下。过了一会儿，有个穿着牛仔衬衫、面容清秀、高高瘦瘦的男生走了进来，冲我打了个招呼。我才发现原来是隔壁宿舍的陈凯，我也回应了一下。他也是我们隔壁班的，小教151班。我们班有几个女生也来了，看来她们对文学都很感兴趣。

文学社的社长是小教142班的一位学姐，名叫吴丹丹。她留着齐刘海，长发披肩，眼睛水灵灵的，穿着一件简约又不失精致的连衣裙，笑容如春风般和煦，让人感觉很舒服。我们大家分别进行了简单的自我介绍，然后就散会了。我和陈凯还有社长学姐一起去食堂吃饭，边吃边聊了起来。

“咱们文学社，是咱们学校历史最悠久的社团之一。”丹丹学姐说。“哇，这么厉害！”我不禁赞叹。陈凯相比我来说性格较文静，说话较少，只是偶尔附和几句。不过，也许是我太活泼了。

“你的名字还挺有意思的，李逍遥，不就是《仙剑奇侠传1》里男主角的名字吗？”在回宿舍的路上，陈凯跟我说。“哈哈，我出生的时候，《仙剑奇侠传1》还没播出呢。只是我爸妈希望我过得逍遥自在罢了！你的名字不也挺有意思吗？”我笑道。

经过一路上的交谈，我才知道原来陈凯并不文静，他还挺健谈的，也有广泛的兴趣爱好，比如看书、摄影、下棋。

## （五）

投入了常规的课业学习，再加上平时部门的工作，我感觉既忙碌又充实。不过目前社团活动还比较少，可能是丹丹学姐比较忙，暂时没空开展社团活动。我们社团里和我同级的男生也就只有四个，我和陈凯都是小学教育专业的，另外两个男生一个是美术教育专业的，一个是英语教育专业的。

我们宿舍的哥们儿都属于励志类型，从未逃过课。就是黄立偶尔爱踩点儿上课，作为负责点名的我，看他也不算迟到，就睁一只眼闭一只眼了。没课或者周末的时候，我们偶尔会一起去做发传单或者话务员的兼职，一小时10块钱，图个乐呵。

我们专业课的老师都讲得很好，而且每一门科目内容都挺对我的胃口。我尤其喜欢教文学鉴赏的郑晨老师。他是一位温文尔雅的中年男子，看起来要比实际年龄年轻，而且知识面很广，说话也很风趣，我们班的同学都很喜欢听他讲课。

终于盼来了文学社的第一次社团活动，即文学指导课。我才发现我们文学社的指导老师就是郑晨老师。在这堂课上，他给我们讲了散文的写作要点，我感觉收获颇丰。

下课后，社长丹丹学姐给我们介绍了副社长林紫妍学姐。她是学前教育专业的，长相漂亮，性格阳光。她们都说郑晨老师是一位很厉害的老师，也是系里的副教授。除此之外，我还认识了一些其他社员，大家都很随和。总体来说，文学社的氛围我很喜欢。

“过段时间院团委有文艺汇演，咱们文学社需要出节目，你们要加油啊！”丹丹学姐笑着对我们说。我们社团的几个女生性格都挺活泼的，其中一个声音很好听的女生说如果有朗诵，她可以负责；另外还有两个女生说自己会唱歌，也可以报名参加表演。

“那……有会跳舞的学妹吗？”丹丹学姐望向我们，看没有人举手，又把脸转向紫妍学姐，“紫妍，那跳舞可能就要让你代劳啦。”

“好吧。”紫妍学姐耸耸肩。

丹丹学姐说，去年文学社的节目是舞蹈《水调歌头》，今年文学社的节目形式和名称我们可以再好好思考、讨论。我脑海里突然浮现出“礼仪”，感觉可以围绕古代礼仪做一个大气的节目，我说出了我的想法。那个声音很好听的女生韩萱说与她不谋而合，然后另一个女生说：“那……《礼仪之邦》怎么样？可以歌伴舞，再以朗诵作为辅助，写朗诵词我可以代劳。”丹丹学姐点点头：“这个挺好，具体怎么串起来大家可以再想想。”

## （六）

回到宿舍，卢靖元一见到我就跑过来跟我说：“嘿，逍遥！告诉你一个劲爆消息！”“什么？”我一脸疑惑。“林文宇谈恋爱了！”卢靖元说。宿舍其他人也都“哇”了一声。“恭喜班长！”我由衷地为舍友感到高兴。话音刚落，林文宇推门而入，脸上微微发红。“怎么，害羞了？快，说说详情！”张昱凡走过去，一把搂住林文宇的肩膀。我们这才知道，林文宇和他们部门的一位学姐在一起了，刚确立了关系。

这天晚上，林文宇请我们全宿舍去外面吃饭。“改天可要把女朋友带来给兄弟们看看啊！”黄立吐着酒气说，“你小子，可以啊！这么快就实现目标——找到女朋友了！”“哈哈，缘分说来就来，挡也挡不住。”林文宇掩饰不住喜悦，拿起酒杯一饮而尽。

看着大家都很高兴，不喜欢酒味的我，默默地待在一边。

快十点半了，即将查房，我和两个醉得不太厉害的舍友便担起了“重任”——把其他人扶回去。

## （七）

这天，我犹豫了一下，还是决定给赵嘉楠发条消息。我选择了最俗套的方式：“最近好吗？大学生活应该过得不错吧。”

过了一会儿，赵嘉楠回复了：“挺不错的，你呢？”

于是，我给她讲了讲我加入的部门和社团。她也分享了最近参加的定向越野赛，还有她加入的学生会外联部。她还提到系里有个朗诵比赛，她和几个同学组队参加，最近都在排练，后天就要比赛了。

“加油！”我回复道。她很快回复了一个可爱的表情包。

两天后的晚上，赵嘉楠发来一张她和搭档们的合照。照片里，她穿着黑色的西装裙，头发扎成高高的马尾，笑得眉眼弯弯，看起来阳光可爱又不失干练。真好，她愿意与我分享她的点滴。那么，我也愿意做她的好朋友，默默地关心她。

我回了一个可爱的表情包过去，然后就开始紧张地等待她的回复——也不知道比赛结果如何？大概过了一个多小时，她发来一张奖状的照片，上面的“第一名”显得又大又红。“第一名！我们得了第一名！”她发过来的文字透露着满满的喜悦，可以想象她开心的样子。

“真棒！”我由衷地夸赞。

真好啊，她的大学生活如此精彩。我还给她讲述了我们文学社接下来要排的节目，她也表示期待，并且让我到时发照片给她看。

这天晚上，我感觉自己是带着笑意入睡的。隔天醒来，我觉得窗外的天气也显得格外晴朗。

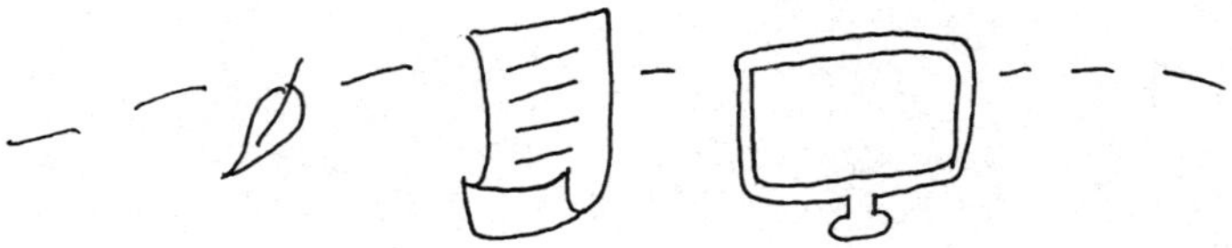

# 第十三章、那些亮美而又空虚

我坐在夜色下的石阶上，
却只有月亮经过.

# 第十三章　日子，充实而又空虚

## （一）

接下来的日子依旧按部就班地进行。我们院文艺部也要为院团委的送老迎新晚会出节目了。我们部长是一位很有气质的学姐，来自教师教育系音乐教育专业。她让我们为节目出谋划策。

有个音乐教育专业的女生说："来个歌曲串烧怎么样？""可以啊。"另一个女生说。"可以是可以，那要串哪些类型的歌呢？"部长学姐托腮问道。分管我们部门的学生会副主席学长说："咱们部门有两个电子系的学弟会弹吉他，这个节目可以以民谣和流行歌为主。"

经过一番讨论，大致确定下来了：我和一个女生在最开头对唱《有点甜》，第二首歌由这位音乐教育专业的女生独唱《后来》，第三首歌是两个弹吉他的男生一起弹唱《蓝莲花》。这三首歌都由这两位男生吉他伴奏。

但是在排练的时候，我跟那位女生的声音合得不大好。“逍遥，我总觉得你唱得有点儿奇怪，是哪个环节出了问题呢？”副主席学长疑惑地说。部长学姐也觉得奇怪。我不好意思地挠挠脑袋：“可能是因为我对这首歌还不够熟悉吧，不好意思，我再多加练习。”

社团有表演，部门也有表演，说真的，我还有点儿怕自己分身乏术。不过，大学生活充实点儿也挺好，只要专业课程不要落下就好。

## （二）

我们文学社基本确定了表演形式——朗诵加唱歌加舞蹈，节目名称为《礼仪之邦》。表演时，大家都要穿汉服，女生穿红白相间的，男生穿黑红相间的。一共16人上场，男生排一边，由于人数不够，后面再加几个女生，那些女生排另一边。最开始是朗诵，我和韩萱分别作为男女生组的领诵。接着是歌伴舞，两个女生唱歌，副社长紫妍学姐在中间跳舞，期间其他人做礼仪动作。

于是，我们开始了排练模式。

又是一次文艺部排练，副主席学长和部长学姐还是觉得我的声音奇怪。我刚唱完，副部长学长一拍脑袋，恍然大悟地说："哦！我知道了，逍遥的声音其实并不适合唱流行歌！""哦？"副部长学长话音刚落，大家都看向我。"你们想想，逍遥是怎么进咱部门的？"副部长学长笑道。"唱京剧！对！唱京剧！"副主席学长和部长学姐都恍然大悟。"那这样吧！咱们改变一下！"部长学姐说，"最开始，就由逍遥唱京剧打头阵，接着由叶子和刘琳（那位音乐教育专业的女生以及本来和我对唱的女生）一起唱《后来》，放原伴奏。最后由电子系的两位会弹吉他的学弟一起弹唱《蓝莲花》。这样咱们的歌曲串烧便是京剧加流行歌加民谣，还更有特色呢！"学姐的提议一出，大家纷纷鼓掌。

"逍遥，你要唱哪段？"副主席学长问我。"我就唱《说唱脸谱》吧。这首歌大家耳熟能详，比较能够带动全场氛围。而且这首歌我高中时比赛唱过，当时还得了奖，服装我也存着，等周末回家了我再拿过来，顺便做几个武打动作。"我说。"可以可以，那就这么确定了！"副主席学长拍拍手。

就这样，社团节目和部门节目双管齐下地排练，一切只等表演了。

## （三）

在这期间，我们宿舍的钟亦明也谈恋爱了，对方是隔壁班的一位女生。但我看他好像还是整天待在宿舍里，据说他比较倾向于柏拉图式的恋爱方式。两个人虽然已经确立了男女朋友关系，却不常出去约会，而是常用文字聊天。

而林文宇那边倒是谈恋爱谈得如火如荼，三天两头就约出去吃饭、逛街、散步、看电影，小日子过得还挺滋润，每天都是如沐春风的样子。

“哟，班长，自从谈恋爱之后，你可是很少参加我们宿舍的活动了啊。”今天林文宇刚回来，卢靖元便走过去搭上他的肩膀，酸溜溜地说。“哎，人家女友大过天嘛！”张昱凡语气更酸。“哎呀，我女朋友比较黏我啦。”林文宇不好意思地笑笑，“放心吧，我可没有抛弃你们这群兄弟！一定会找时间参加宿舍活动的啦！”

“所以，逍遥，如果是你谈恋爱，你会倾向于柏拉图式的，还是天天黏在一起？”旁边的黄立突然问我。“哎呀，想这么多干吗？我又没有女朋友！”我摆摆手，“有空儿管我，还是先管好你自己吧！你不也还单身？”“人家最近跟隔壁班一个妹子可是打得火热呢！”张昱凡冲着我眨巴着他那双小眼睛。“哦？看来有故事嘛。”我冲过去想向黄立一探究竟。“没啦没啦，还在追求阶段。”黄立脸一红。“加油，学长！”我和张昱凡很默契地异口同声。

说实话，我还真没想过如果是我的话会倾向于哪一种恋爱模式。想到这里，我的脑海突然浮现出了赵嘉楠的身影——唉，如果可以经常见到她就好了。在读中学时，我一直把她当着学习的榜样，没想到，进了大学之后，我对她的感觉好像有点变了，就算两人相隔很远，暂时见不到，我也想听听她的声音，但是我却又不好意思给她打电话。

唉！李逍遥啊，李逍遥，你这么大大咧咧的一个男子汉，怎么想到赵嘉楠时，心就一下子乱了呢？

## （四）

经过一段时间的排练，院团委的送老迎新晚会终于正式开始了。我因为要表演两个节目，所以带了两套服装去换。一套是《说唱脸谱》的服装，是黄色的武术服；另一套是《礼仪之邦》的服装，是黑红相间的汉服。好在两个节目中间间隔了七八个节目，我有充裕的时间换衣服。

我们院文艺部的节目是第一个。我唱的是那段最经典的歌词：“蓝脸的窦尔敦盗御马，红脸的关公战长沙，黄脸的典韦，白脸的曹操，黑脸的张飞叫喳喳……”再加上几个武打动作，引来了大家阵阵热烈的掌声。接着是女生对唱《后来》以及男生弹唱民谣《蓝莲花》，动听的声音也引得大家拼命鼓掌。

终于结束了第一个节目，我赶紧去换上了汉服，和文学社的搭档们再熟悉一下台位和队形。轮到我们文学社的节目了，我和韩萱带领大家一起朗诵：“……有礼仪之大，故称夏；有服章之美，谓之华。华夏复兴，迤逦携行，着我汉家之裳，兴我礼仪之邦！”朗诵之后，就衔接上两位女生的歌声，再搭配上紫妍学姐翩跹的舞姿，总体营造出一种大气又不失唯美的氛围。表演结束后，也博得了大家阵阵热烈的掌声。

今日的表演任务总算完成了。我的舍友们去给我捧场了，并帮我拍了不少照片。我很开心地把照片发给赵嘉楠，与她分享，她回复了一个表示赞扬的可爱表情包。

陈凯发了一条朋友圈，内容是紫妍学姐在上场前穿着汉服做出的一个很优美的舞蹈动作，并附上文字：“学院有佳人，绝世而独立，一顾倾人城，再顾倾人国。”紫妍学姐看到了，不好意思地说：“哎呀，学弟，你这么发，我都不好意思点赞了呢！”

## （五）

快要期末考了，大家都开始泡图书馆了。在“学霸”卢靖元的带领下，我们宿舍除了黄立，其他人的高数都踩线及格了。因为查成绩时已经放寒假了，卢靖元在宿舍群里告知了我们这个不幸的消息。我们只能安慰他："没关系，哥们儿，开学补考肯定能过！"

放寒假了，我是不是有机会和赵嘉楠见面呢？可是，我要怎么开口找她呢？想来想去，我决定先给她发条消息："嘿，放假了吧？放假有什么安排吗？"她回复说："也没什么安排，随便逛逛吧，然后读读英语，打算考英语四级。"我表示鼓励："加油！"作为英语"学渣"，我对英语四级没有任何想法，只想着能把英语B级过了就不错了。我还报了自考本科，想趁这个寒假先把课本大致浏览一遍。

放假真好！上了大学，学业压力相对较小。我在家要么看看书，要么玩玩手机、看看电视，要么去找发小陈斌、许强打球，或者找小洲下下棋、聊聊文学。镇里还有一场文艺晚会，一位负责节目编排的阿姨让我和几个老师一起排一个歌曲串烧节目，我负责唱京剧，选的曲目是《定军山》中的"这一封书信来得巧"。所以，我时不时得排练一下。这样一来，我的寒假生活倒是动静结合了。我也曾有好几次想找赵嘉楠见面，但由于不知道怎么开口，又作罢了。

## （六）

过年了，大街小巷人来人往，家家户户贴春联、挂灯笼，一派喜庆的气氛。大年三十这天中午，我和爸妈先回老家，和爷爷奶奶、叔叔婶婶一起围炉取暖。晚上，又去外公外婆家，和外公外婆、大舅、小舅、大舅妈、小舅妈（小姑）以及表弟表妹一起吃晚饭。两位舅舅都是退伍军人，言行举止都还保留着军人的风范。

当晚8点，我最期待的春晚开始了。我一边看着春晚，一边对明天的表演既期待又紧张。幸好联欢会负责人之一——一位伯伯早已帮我向戏班子借好了服装，我明天就要扮演黄忠唱京剧了。

过了12点，便是农历新年的第一天了。我赶紧在零点的时候给赵嘉楠发去祝福："新年快乐，愿你一直是个阳光且开心的姑娘。"赵嘉楠很快就回复了："谢谢！同乐呀。"尽管只是短短的几个字，但我还是很开心。"明天我要去表演，唱一段京剧。"我说。"哇，期待啊，记得发视频给我看！"赵嘉楠发过来一段文字，还附上了一个可爱的表情。"好的。"我回答。

正月初一这天，我第一次穿上了这套黄忠的戏服。本来我是有些不敢穿的，怕动作不熟练。但穿上之后，我靠着平时练习的一些动作提前比画了一下，感觉也还可以。当天的表演还算顺利，我把唱的那段视频发给了赵嘉楠，也得到了她的夸赞。

愿新年胜旧年，长路浩荡，皆有期待。

## （七）

正月初二，大姑和小姑回娘家煮锅肉，我又跟着爸妈去爷爷奶奶那儿蹭饭吃。

过了几天，赵嘉楠突然给我发消息，我惊喜地点开——“逍遥，我给你带了我们大学城市那边的特产，是几包茶干。看什么时候你有空儿，我拿给你吧。”哇！赵嘉楠竟然给我带了特产？对于我来说，能收到赵嘉楠主动发来的消息已经是一种奢望了，而她居然还给我带了东西，这让我感到更加激动。“哇，这样呀，谢谢你啊。”我拼命让自己淡定下来，回复道。

那我要用什么作为回礼呢？我冥思苦想。对了，女孩子应该都会喜欢精致的东西吧？我想了想，决定在网上定制一个带有她姓名的钥匙扣送给她。过了三天，快递终于到了，看起来还挺精致可爱的。

“逍遥，你明天有空儿吗？我明天拿给你怎么样？”几天后的晚上，赵嘉楠发来消息。“当然可以。”我回复道，“要我去找你，还是你来找我？”刚问完，我又开始后悔了：我是男孩子，怎么能让她这么主动呢？“我去找你吧。”赵嘉楠说。没想到她会主动这么说。她又发了一句：“我顺便去找我同班同学小郁玩，她家就在你们镇里。”小郁刚好也是我的初中同学。哦，原来是这个原因。

瞥了一眼日历，明天竟然是2月14日——情人节。也不知道赵嘉楠知不知道明天是这个日子呢？如果她知道还决定明天来找我，那是不是说明……她对我也有一些特别的感觉？

我掏出了为她定制的姓名钥匙扣，又用面巾纸擦了擦，把上面的灰尘拂去。

## （八）

这天早上，下了点儿小雨。我和赵嘉楠约好下午2点在中学见面，顺便到学校里逛逛。到了中午，雨越下越大，我怕她过来不方便，赶紧给她发消息：“下雨了，要不要改天再来？”“没事啦，我都整装待发了。”赵嘉楠回复说。我眼前浮现出她爽朗地开怀大笑的样子，甚是想念。我放心地期待着下午，也想早点儿见到她。

于是，我心里开始祈祷——雨赶紧停吧！老天爷好像听到了我的一半心声，将近2点时，雨慢慢小了下来，但还是有一点毛毛雨。我换了一套看起来比较精神的衣服，带上雨伞和要送给她的钥匙扣，骑着自行车来到了车站。

等了一会儿，赵嘉楠到了，她手里提着一袋茶干。我赶紧把雨伞递过去给她撑着："小心点儿，路有点儿滑。""谢谢。"她说，然后扬起笑容，"这茶干很好吃的！给！"我接过来，心想：钥匙扣要不还是等她回去的时候再给她吧，给她一个惊喜。

我们走进校园，校园里没什么人，天还在下着毛毛细雨。我和她共撑一把伞，彼此之间的距离更近了，但相对无言。也不知道为什么，难道是因为气氛尴尬？走着走着，我轻轻咳了一声，试图打破这尴尬的气氛。"嘉楠，你在大学里还好吧？看你也参加了不少活动。"我说。"是啊，哈哈，你也是嘛，挺充实的。"赵嘉楠回答。接着，又继续相对无言。

雨停了，我放下伞说："咱们去后山亭子那儿看看吧。""嗯。"她点点头。我走在她后面护着她，走着走着，她突然转过头来冲我笑了一下，笑容的弧度依然是那么恰到好处。我走快了些，偷偷看着她的侧脸，差点儿走了神。"怎么了？我脸上……有什么东西吗？"她突然问我。我赶紧移开了目光，又轻咳了一声，以掩饰自己的无所适从。

走到后山的亭子里，我们停了下来，看着周边的风景，继续沉默。“对了，你是不是等一下还要去找小郁呀？”我问。“嗯……可能没啥时间了，不过我也没提前跟她约，就是想着如果有时间就去找她坐坐。”赵嘉楠笑着回答。“其实，我觉得你真的挺优秀的。”实在不知道怎么继续开口的我，挤出这样一句话。“我喜欢你”四个字，我大概是不会说了，尽管我很想表达。“没有啦，到了大学里，人外有人。”她憨笑着说，然后转向我，“你也很棒呀。而且其实，我只是一个很普通的女孩子，可能就是你把我想象得太好了。”

我别过脸去，笑了笑。“逍遥，我们会一直是朋友的，对吗？”赵嘉楠看向我。我没有点头——这，不是我想要的。可是，我又能做什么呢？挺好的，在这样的日子，跟她共撑一把伞，距离很近，拿到她送的东西，也挺好的。没什么不好。

我们又聊了一些关于大学生活的事情，便决定各回各家。在走去校门口的路上，我掏出钥匙扣递给她：“喏，给你的。谢谢你送我的茶干。”“哇，真好看。”她很开心地接过，马上挂在了自己的钥匙上，“谢谢啊。”

在她心里，或许这就是礼尚往来，仅此而已吧。“我要去车站搭车了。”赵嘉楠说。“嗯……那……那我载你吧。”我说。于是，她坐上了我的自行车后座。中间路稍微颠簸了一下，她抓了一下我的衣角，少女的呼吸就这样在我的身后，那么近，那么轻……

回到家，我掏出了她送我的茶干，拆开吃了一个，有点儿微苦，又感觉有回甘。微苦如同我的心情，那……能回甘吗？我的心里，突然感到空落落的。

# 第十四章 空气里的微微咸涩.

恐只是过客,
晚风知我意,咸涩、凉薄.

## （一）

大一的第二个学期开学了，舍友黄立在“学霸”钟亦明的帮助下，如火如荼地开始了高数复习，最终通过了补考。这也告诉了我：大学里，对于学业也不能过于松懈。高考不是终点，之后还有更多的考试，比如计算机一级、英语B级、普通话等级考试、教师资格证考试、教师招聘考试等。

这学期，我们又换了一些新的课程。

作为一个男生，我的计算机水平却很一般，差点儿就被计算机老师判了“死刑”——李逍遥啊，你估计是过不了计算机一级考试了。好在有隔壁宿舍同社团的计算机“学霸”陈凯，他常在课外时间给我恶补相关知识，让我终于掌握了一些基本操作。陈凯同时也帮我们小学教育专业的两个班级中一些计算机水平较为薄弱的同学补习，这些同学大多是女生，毕竟大多数男生的计算机水平都不错，无需额外辅导。“凯兄啊，加油啊，趁给妹子们补习好好把握脱单的机会！”我经常拍着他的肩膀，语速慢条斯理，语气中透露着八卦的意味。陈凯总是轻轻地笑，拂去我的手。也不知道这位仁兄大学里能否脱单呢？

这学期考试还不少，有计算机一级、英语B级、普通话等级考试。作为未来想当老师的我们，普通话等级考试至少要过二级乙等，也就是80分；而想当语文老师的话，普通话需要过二级甲等，也就是87分。我们的口语老师是一位非常尽职尽责的老师，我在课上也经常举手读一些句子，希望口语老师能帮我纠正。

我对普通话通过二级甲等还是有信心的，但最担心的考试还是计算机一级和英语B级。还好英语B级可以仰仗同宿舍的英语“学霸”卢靖元帮忙补习。他是我们宿舍唯一一个去考英语四级并且通过的人。成绩出来的那天晚上，他还买了一大堆卤味——鸭锁骨、鸭翅、鸡爪等，回宿舍请我们吃。

考普通话的那天，我在等待考试时上了好几趟卫生间，大概是因为太紧张了。虽然我对自己的普通话水平还是有信心的，但我怕在操作系统时出错，毕竟是机器测试。考试在一个大教室里进行，一人一台电脑，戴着耳机朗读，所以周围都能听到“嗡嗡嗡”的声音。第一题是读单字，儿化音一定要读出来；第二题是读词语；第三题是朗读文章；第四题是说话题，可以二选一，我选了《我的愿望》。朗读说话题时，我整个人靠在椅子上，因为口语老师教我们，考说话题时要像跟人聊天一样，轻松自然。总之，考普通话时，如果读错也要将错就错，切记不要重读，不然系统会乱套。我就这么满头大汗地读完，终于点了“提交”，太好了，考试结束！

计算机一级和英语B级考试紧随其后，我马马虎虎完成了，也不知道能不能过。

每次考完试，都是全宿舍一起去下馆子的潇洒时刻。

## （二）

这学期有个“女生节”活动，定在3月7日，由院团委举办。活动内容包括一个假面舞会，这又成了我们院文艺部忙碌的时刻。我们要负责音控、维持秩序等工作，而我被安排做维持秩序的工作。

3月7日女生节这天，我们社团开会，讨论了接下来要办的短诗创作大赛。我们到时候需要负责审稿和文字录入工作。开完会后，我、陈凯和丹丹学姐一起去吃饭。我跟他们提到晚上有假面舞会的事情，丹丹学姐说如果有空儿会去看看。陈凯是院社联新闻部的成员，他得过去负责拍照。

晚上，我来到活动大厅，已经有不少人到了。我走到舞台侧方我该站的位置，引导大家按照顺序排好队。院学生会的指导老师方静老师也已经到了现场。今晚，她和我们文艺部的副部长张彬学长搭档，教大家一起跳交谊舞。

活动开始了，全场男男女女戴着由我们部门分发的银色面具，舞步翩翩，宛如蝴蝶一般，在《爱的华尔兹》的音乐中翩翩起舞，多么美好浪漫的画面啊！我还看到了陈凯以及院社联新闻部的其他同学拿着相机，各种找角度拍摄，他们也挺辛苦的。

跳完舞后，是一些互动环节。主持人提问了一些关于大学生活的问题，大家纷纷举手抢答。回答正确的同学可以获得小礼品，比如小台灯、本子等。互动环节结束后，现场播放了一首歌曲《成都》。歌曲播放完毕后，主持人突然发问：“在场有没有人想就今晚的‘女生节’说一些想说的话？”只见分管我们文艺部的学生会副主席学长举起了手。他冲上台去，目光投向舞台另一侧的女生部部长（他的女朋友），深情地说：“成都，我不想带走谁，但咱们学校，我想带走的，只有你。”“哇——”全场响起一片尖叫声。

这就是大学，脱离了初高中时“禁止早恋”的管束，增添了更加肆意张扬的青春色彩。而我想带走的女孩子，她又距离我多远呢？

我打开手机，看了一眼地图——875公里。

## （三）

我们社团面向全校举办的短诗创作大赛开始征稿了，现代诗和古体诗都可以，我们全宿舍都参加了。毕竟有参与分，还可以写在综测上，我也交了一首关于青春校园的诗歌。

截稿日期到了，丹丹学姐召集我们全体社员开会。审稿和评奖是由我们文学社的郑晨老师负责的，我们需要进行细节上的审稿，比如检查获奖作品的错别字和部分语病，然后把纸质稿的文字录成电子稿。

“逍遥学弟，郑老师说你写得不错，就是诗歌太长了，不符合短诗创作的要求。”丹丹学姐怕我得知自己没有得奖会感到失望，这样对我说。“没事，学姐。”我云淡风轻地笑了笑。

于是，我们就开始如火如荼地审稿。丹丹学姐和紫妍学姐都带来了笔记本电脑，我们可以当场录入文字。

过了几天，丹丹学姐在我们文学社的群里发了新任负责人报名的表格，让有意向的人填写。因为下学期她和紫妍学姐都大三了，要去实习，所以需要我们这一级的负责人来接手。我们班里一些也是文学社成员的女生也有意向，不知道她们后来有没有报名。我报了名，得知陈凯也报了名，于是我们相互击了个掌。

两天后，文学社新任负责人的名单出来了，是我和陈凯。丹丹学姐约我们俩出来吃了顿饭，说了一些社团工作的要求，然后说会培养我当主要负责人，陈凯则当我的助理。

“你们加油啊！”丹丹学姐笑着鼓励我们，眉眼弯弯。

因为我是主要负责人，丹丹学姐便先让陈凯回去，多留了我一会儿，让我添加了一些社团工作会接触到的老师、社联干部的联系方式。我突然感到鼻子有点儿发酸。毕竟这一年来，丹丹学姐对我就像对待自己的亲弟弟一样，不管是在社团工作上，还是在学习、生活上，都很关心我。

跟丹丹学姐道别后，我回宿舍写了一封信。内容大概是感谢学姐的支持、关心和帮助，以及祝学姐实习顺利、前程似锦。后来，我把信送给了丹丹学姐。丹丹学姐接过信，眼圈也有点儿红。“加油，弟弟！”丹丹学姐拍了拍我的肩膀，说。

又过了几天，丹丹学姐和副社长紫妍学姐合买了一个大蛋糕，上面写着“文学社加油”，组织我们文学社的成员们一起吃蛋糕、玩游戏，其乐融融。

接着，丹丹学姐、紫妍学姐和我们社团的其他学长、学姐们便开始着手准备实习的事情了。

学长、学姐们，加油！祝你们实习顺利，我们也会好好努力把社团办好的！

## （四）

这周，普通话、英语B级和计算机一级的成绩都出来了。我们宿舍里，有的同学普通话过了二级甲等，比如我，得了91.8分；有的过了二级乙等。他们刚好都打算当数学老师，所以这个分数也够用了。英语B级考试中，我们宿舍的黄立没过，不过这个证书并不重要，不会影响毕业，所以他也不打算再补考了。计算机一级我们宿舍的人都过了，我的分数是全宿舍最低的，66分，不过这也让我很意外，因为我本以为自己会不及格。

英语多亏了卢靖元帮我补习，计算机多亏了陈凯帮我补习，于是我请他们俩喝了奶茶，感谢这两位仁兄帮我顺利通过考试。

我妈是一名小学语文老师，她得知我的普通话得了二级甲等的高分后，一直让我再去考一次普通话。毕竟我只差0.2分就到一级乙等了，她希望我再加把劲试试。我本来不想去考了，因为当语文老师二级甲等已经够用了，但实在拗不过她，就答应了，等明年临近考试时再报名。

最近，我还在偷偷做一件事。我写了一篇短短的散文，委婉地表达了我对赵嘉楠的感情，决定发给她。我想，试试吧，如果被拒绝，做不成朋友，那……我也不缺她这个朋友。但如果不试的话，万一她成了别人的女朋友，那我岂不是会懊悔至极？

本来我在纠结是要直接把文字发给她，还是要弄成文档的形式。后来觉得直接发文字更直观，就一鼓作气地把文字发了过去，等待她的回复。

这天，舍友们说为了庆祝大家都通过了考试，要买些烧烤、卤味、饮料之类的在宿舍庆祝一下。晚上，东西都买来了，有鸡翅、蒜蓉金针菇、烤茄子、卤鸭翅、鸭锁骨、柠檬鸡爪等一系列美食，还有可乐、雪碧。我们用塑料杯倒满饮料，开始碰杯。“你小子不错啊，今天回归咱们201宿舍大集体啦？”黄立拍了拍林文宇的肩膀，“没去陪女朋友啦？”“哈哈，今天女朋友放行了，说让我跟你们好好庆祝一下。”林文宇笑道。“哟，真好啊，有这么善解人意的女朋友！”张昱凡表示羡慕。“哈哈，改天再介绍给兄弟们认识认识！”林文宇说完，便帮我们倒起了饮料。

我突然想起，今天下午在微信上用一篇散文委婉地向赵嘉楠告了白，也不知道她回应了没有，会怎么回应呢？此时我心里紧张大过期待，像敲起了鼓。

我没忍住，打开了手机微信，看到赵嘉楠给我回消息了：“逍遥，你喜欢我？我也喜欢你，但不是恋爱那种。我只是觉得，你是一个很好的人。抱歉，原谅我无法对你作出回应，就这样吧。”果然，正如我意料之中，但看到这么直接甚至有些冷漠的文字，我心里还是感到异常的空虚，甚至不知道该怎么回复。我表白被拒绝了，那……我们还能做朋友吗？

想了想，我回复道：“那……我们还能做朋友吗？”“当然了。”她回复道，“我一直把你当好朋友。”好吧，果然如此。那就……做好朋友吧，总比老死不相往来要好。于是，我发了今天最后一条信息给赵嘉楠：“嗯，好的。”

“怎么了？快吃啊！”张昱凡凑到我身边，拍了拍我的肩膀。我赶紧收起手机，拼命掩饰自己失落的情绪，佯装欢乐地与舍友们共食共饮、谈天说地。

或许，我会一直把喜欢赵嘉楠这个秘密藏在心底。

东西都吃完了，我们一起收拾好，便各自洗漱睡觉了。而我，一夜无眠。

从那以后，我再也没有主动找赵嘉楠聊过天，她也没有再找过我。或者说，她本来就没怎么找过我，一直都是我主动找她居多。我们就这样，维持着一种陌生又疏离的客气关系。

我的大学生活依旧按部就班地进行着，不会因为她而有什么改变。

# 第十五章. 新的阶段.

向前，期待，炽热且勇敢……

## （一）

临近暑假，我妈跟我说，镇里又要举行“幸福人生夏令营”了。今年是第十届，活动会更加盛大。我本身就对传统文化很感兴趣，而且之前也参加过，感觉收获颇丰，于是毫不犹豫地报了名。

这天，赵嘉楠难得主动找我聊天。她突然问我：“最近好吗？”“还不错。”我回答道，接着跟她提到了我暑假要去参加国学夏令营的事情。她听了之后说：“听起来不错，我也想去参加，能帮我报一下名吗？”于是我把报名表格发给她，她填好之后又发给我，我帮她把表格发送到了活动主办方的电子邮箱里。

我很庆幸赵嘉楠今天主动找我，打破了我们之间的尴尬局面。虽说我是男生，如果想和她发展更深的关系，我应该更主动一些，但我也明白，可能也不会有什么故事了。

不过，我还是很期待见到她。而且，这个国学夏令营为期十天，太好了，我可以连续十天见到她。

## （二）

这天，林文宇第一次带着他的女朋友和我们宿舍的兄弟们一起吃饭。他女朋友虽然是学姐，却比他小一岁，而且是个娇滴滴的甜美小女生，看起来很依赖他。我和张昱凡偷偷讨论，觉得林文宇看起来更像学长，而他女朋友更像是学妹。

吃饭的时候，他女朋友话很少，整个氛围也变得有点拘束。还是脸皮最厚的黄立打破了僵局。他重重地拍了一下钟亦明的肩膀："钟哥！什么时候带你的柏拉图式恋爱女友来跟我们吃饭啊？""哎！你轻点儿！"钟亦明掸开黄立的手。"哎呀，人家自己跟他女朋友都很少一起吃饭，怎么会带来跟咱们吃饭啊？你就别开他玩笑了。"我说。"哈哈，还是文宇哥这种恋爱模式好，如胶似漆！"卢靖元爽朗地笑了笑。话音刚落，林文宇的女朋友脸瞬间红了，像一只小鹿似的，缩到林文宇身后。"蓉蓉，我这群兄弟就是喜欢开玩笑，别介意啊。"林文宇亲昵地摸摸他女朋友的头，笑着说。他女朋友点点头，浅浅地笑了起来。

"哎哟，真是甜死人了！"黄立笑笑，耸耸肩。

## （三）

暑假到了，我在家休息了几天，很快“幸福人生夏令营”就要开始了。我赶紧提醒赵嘉楠记得带好所需的生活用品，比如牙刷、毛巾、沐浴露、换洗衣服等。夏令营这边也会提供被褥、晾衣架、洗衣粉等其他生活用品。

因为我家离夏令营地点较近，所以我被夏令营的老师提前叫去做一些学员签到的工作。

过了一会儿，我看到我初中同学小郁用电动车载着赵嘉楠来了，我朝她们打了个招呼。“小郁，你也来参加夏令营吗？”我问。“没有呢，暑假家里有些事要忙，不然我也挺想参加这个活动的。”小郁笑着说。赵嘉楠从小郁的车后座上下来，我们俩一起跟小郁道别，小郁便骑着电动车回家了。

到了下午4点，所有学员都到齐了，老师开始进行分组。一共有三组，一组女生，叫“仁爱组”；两组男生，一组叫“孝悌组”，另一组叫“明敬组”。我是“明敬组”的，赵嘉楠是“仁爱组”的。

夏令营的学习正式开始了。第二天的课程内容是“德音雅乐”。老师让大家听了几遍孝道歌曲《跪羊图》，然后问大家有没有人愿意起来唱一唱。正当全场鸦雀无声的时候，突然，一个声音传来："我试试吧！"于是，所有人的目光都集中在一个人身上，那是赵嘉楠。只见她拿过话筒，开始唱了起来："古圣先贤孝为宗，万善之门孝为基……多少浮云游子梦，奔波前程远乡里……"她的声音悠扬动听，感情充沛，令人听了不禁为之动容。

这时候，有不少人在小声地讨论着，讨论的主题无一例外是"赵嘉楠唱得真好听"。接着，又有另一个女生举手说要试试。女生唱完后，老师问有没有男生愿意试试，我便举起了手。

当我唱歌的时候，我看到台下的赵嘉楠。她在我眼中是最清晰的，她看着我，微笑着鼓掌，眼神好像在告诉我："你唱得真好。"

下午，老师在我们这个学习班上选了班干部。班长是一个男生，副班长有两个，分别是我和赵嘉楠。两个副班长恰好是我和赵嘉楠，我心里不禁窃喜：真有缘啊。

## （四）

由于"幸福人生夏令营"在第九天和第十天要举办盛大的庆典活动，既有庄重的仪式，也有精彩的汇演，所以除了日常的课程学习，大家还都在积极排练节目。我参演的节目是一个小品，名字叫《浪子回头》。我在剧中扮演一位拾荒老人，这个角色是我主动争取来的，因为我一直想挑战一下自己，尝试一些与自己性格差异较大的角色。

为了更好地诠释这个角色，我开始仔细观察厨房里的义工老人。我发现他们走路时步伐缓慢而稳健，每一步都显得格外踏实。他们的背微微弯曲，双手自然地摆动，动作虽然简单，但却透露出一种岁月沉淀后的从容。我模仿着他们的姿势，反复练习，希望能够让自己在舞台上的表演更加真实自然。

与此同时，赵嘉楠也在排练中逐渐展现出了自己的闪光点。她被老师选中担任庆典重头戏——朗诵《这十年》的领诵。她的声音清澈而富有感染力，每一个字都仿佛带着情感的温度，能够轻易地打动人心。在排练时，她站在舞台上，双手自然地放在身侧，眼神专注而坚定，微微仰起的头颅显得格外自信。她朗诵时的每一个停顿、每一个重音都恰到好处，仿佛在用声音编织一幅动人的画卷。

我们小品组偶尔会在她们旁边排练，我常常忍不住偷偷观察赵嘉楠。她朗诵时的专注神情、微微扬起的下巴、还有那双充满光芒的眼睛，都让我深深着迷。她的声音在空气中回荡，宛如天籁之音，让人忍不住沉浸其中。我常常想，她的声音里究竟藏着怎样的魔力，能够如此轻易地触动人心。

## （五）

庆典活动的第二天就是汇演了。赵嘉楠她们朗诵组都穿上了精致的唐装，古色古香的服饰衬得她们格外精神。而我扮演的老人，穿上了特制的老爷爷衣服和鞋子，老师还用粉底精心帮我把头发染成了灰白色，让我看起来更像一位饱经风霜的老人。我拖着不太合脚的鞋子，手里提着道具——一个破旧的废品袋，从化妆室一路蹒跚地走到演员座位，一路上引得大家阵阵欢笑。虽然有些尴尬，但我知道这是大家对我的认可。

我坐到自己的座位上，没过多久，突然觉得肩头一暖。我微微侧过头，映入眼帘的是赵嘉楠那阳光般的笑脸，还露着浅浅的酒窝，仿佛一缕温暖的阳光洒在心间。“加油啊，好好演！”赵嘉楠用纤细的手指轻轻碰了碰我的肩膀，声音里带着鼓励和温暖。

“嗯，好。”我点点头，心里涌起一股暖流。这也是这段时间里，她第一次主动跟我说话，让我感到意外又惊喜。

“我给你拍张照吧！”赵嘉楠说着，掏出了刚发下来的手机。这几天学习期间，我们的手机都是全程上交的，只有在特殊时刻才会发还给我们。“好啊。”我回应道，随即做了一个驼背咳嗽的造型，尽量让自己看起来更像一个老人。相机快门“咔嚓”一声，这张照片就这样定格在了赵嘉楠的手机里，也定格在了我的记忆深处。

## （六）

汇演结束，也意味着为期十天的夏令营正式落幕，大家都各自回家了。赵嘉楠也搭上了飞往她妈妈工作地的飞机。

“有什么好看的景点，记得拍给我看看啊。”回到家后，我在微信上对赵嘉楠说。赵嘉楠答应了。

大概过了十来天，赵嘉楠说她已经搭上回来的飞机了。我在微信上翻看着赵嘉楠发来的照片，有寺庙的图片，还有各种小吃。“我给你带了纪念品，等你开学给你寄到学校去，反正也快开学了。”赵嘉楠说，“把你的地址发给我。”“好啊，谢谢！”我开心地回复，飞快地把自己的地址发给了她。

大二上学期开学了，我收到了赵嘉楠寄来的快递。打开之后，发现是几张东南亚风景的明信片，但明信片上却什么也没写。

怎么没顺便写几句话呢？我有些郁闷。带着郁闷又疑惑的心情，我给赵嘉楠发了微信：“哎，明信片上怎么没写点儿内容啊？”“我是想写点儿的，一直在思考，但又觉得自己的字不好看，想等自己练好了再写给你。不过一直拖着也不是办法，所以就先把空白的寄给你了。”赵嘉楠回复说。

好像……我和赵嘉楠的关系又慢慢恢复到了从前的样子。

## （七）

这学期，我已是文学社的负责人，隔壁院校的新任文学社负责人也都添加了我的联系方式。陈凯则成了文学社的助理，他电脑技术好，便设计了纳新传单，我们召集了同一级的文学社社员们，开始了发传单纳新活动。

前期有些社团事务我不太理解，便会频繁地请教丹丹学姐，丹丹学姐每次也都耐心地给我解答。后来我逐渐上手了，能够独立完成任务，或者和陈凯一起探讨。

“哥们儿，去年丹丹学姐她们因为其他事情太忙，没时间出社刊，咱们今年可得出了。”我直接跑去隔壁宿舍找陈凯。“好啊。”陈凯点点头，“作为文学社，肯定是要出刊物的。”

我同时担任院学生会文艺部部长助理，相比部长和副部长，我的工作清闲一些，所以我的工作重心便放在了文学社，因为在文学社我是主力。

接手负责人工作之后，我深感此工作的不易，好在社员们都挺配合，助理陈凯的工作也做得很好，所以我们的纳新活动开展得很顺利。

今晚便是我们文学社的新生见面会，我和陈凯分工给学弟、学妹们以及同级社员发短信。意外地发现电子系竟有不少学弟加入了我们的文学社，比教师教育系的还多。“咳，咱们教育系也不知道咋回事，学弟也太不给力了吧。”我拍拍陈凯的肩膀，表示无奈。陈凯也摇摇头：“不过学妹还是挺多的，哈哈。”“哦？看来凯兄脱单指日可待啊。”我冲着陈凯戏谑一笑，结果挨了他的两个“爆栗子”（敲脑袋）。

由于我们学院的社团、部门都没有属于自己的办公室，所以开会都得在负责人自己班上的教室开。晚上，我和陈凯先到了我们班教室，我在黑板上写下“文学社新生见面会”几个大字，等待大家的到来。

到点了，大家陆陆续续地走了进来，我和陈凯先后上去自我介绍并发言。接着是同级社员上去自我介绍，然后是新加入文学社的学弟、学妹们做自我介绍。大家都自我介绍完后，我再上去介绍文学社各小组的工作内容。我们文学社分为文编组（负责征文的策划及审稿）、宣传组（负责文学性活动海报的设计以及刊物的排版编辑）、财务组（负责社费的管理）、采风组（负责每一次采风活动的提议及拍照）、外联组

（负责每一次与外校联谊活动的组织及拍照）。

“大家先了解一下咱们文学社有这些小组，可以自己回去考虑一下想加入什么小组。下次开会咱们就把组员定下来，就可以进行接下来的工作了。”我说，“好的，今天的新生见面会就到这里。大家回去路上小心。”“好的，学长再见！”大家纷纷朝我和陈凯摆手，便陆陆续续离开了。

“逍遥，近段时间的社团活动就先辛苦你了。我接下来要参加一个微电影创作比赛，可能会先忙微电影的事情。”陈凯说。“哦？”我颇感兴趣。“是啊，哈哈，到时候可能还要请你帮忙写剧本呢。”陈凯笑道。“没问题，凯兄有事尽管吩咐！”我作揖道。

## （八）

这学期，除了社团、部门的工作以及常规的课业，我还要继续自考本科。我们自考本科一共有14个科目，其中沟通课程和衔接课程是校考。大一这一年，我已经完成了所有校考科目，还通过了两门核心课程的省考。这学期，我还得完成三门核心课程的省考，所以说，学习不能松懈。

这学期我们已经可以开始考教师资格证了，但我还没准备好，所以打算下学期再考，到时再好好准备。我们宿舍只有张昱凡去考了，可惜他教育知识与能力那科没过，差了2分。“唉，早知道就跟你们一样下学期再好好准备一下再去考了！”张昱凡懊恼地拍了拍脑袋。“没事啦，想想看，下学期我们都要复习两科，而你只需要复习一科就行。”黄立拍了拍张昱凡的肩膀安慰道。

这学期，林文宇的女朋友去实习了，他们成了异地恋。林文宇又跟我们一起参加集体活动了。不过，他经常在宿舍跟女朋友视频或语音通话，那种腻腻歪歪的模样经常被我们调侃。

钟亦明依然跟他女朋友保持着柏拉图式的恋爱，或许这种恋爱模式真的很适合他吧。

张昱凡跟棋社的一个学姐聊天聊出了感情，无奈学姐去实习了，所以他们的恋爱从异地恋开始。黄立呢，也跟之前跟他走得比较近的女生确立了关系。这样一来，我们201宿舍又有两位同学脱单了！

这下，只剩下我和卢靖元了！

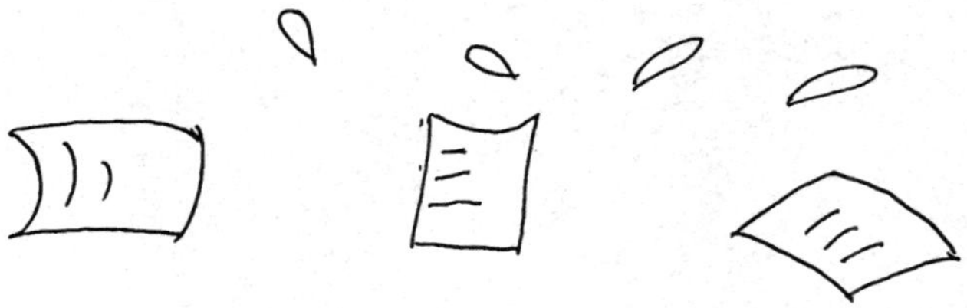

# 第十六章. 忙忙碌碌业了.

热爱，燃烧，一切从欢.

## （一）

今天，张昱凡突然跟我说：“嘿，逍遥，你是不是有两个发小在隔壁市的一所大学读书啊？”“是啊。”我回答，“怎么了？”“我女朋友就在那所大学附近的一所小学实习，我想去找她。咱们要不要一起啊？你刚好可以去找你那两个发小。”张昱凡提议。“哦？这倒是个好主意。”我觉得很有道理，点了点头。发小陈斌和许强都在隔壁市的一所本科院校读书，我一直想去找他们，只是找不到合适的时间和机会。

我给陈斌和许强发消息说要去找他们，他们都很开心，说到时候一定会好好招待我。

隔天是周五，周五下午刚好没课，我和张昱凡说走就走，坐动车到了隔壁市，然后打车到了陈斌、许强他们的大学。

“那咱们就各走各路了，我去旁边小学找我女朋友！”张昱凡冲我摆摆手便走开了，“咱们晚上旅馆见！”我和张昱凡提前订了一间价格比较便宜的旅馆，就在学校附近，打算白天各玩各的，晚上再一起住。

我打电话给许强，让他来接我。许强在这所学校的本部就读，陈斌虽然也在这所学校，但他在郊区的一个校区，距离比较远，他说明天才会过来。

许强很快就到了，他跟我击了个掌：“好久不见啊！”“啥呀，不是暑假才见过面吗？”我撇撇嘴。“哎呀，我就感觉好久不见嘛。”许强扑上来搂住我，我赶紧躲开：“切！可别这么肉麻。”“你下午有课吗？”我问。“有啊。”许强说。“那……我……”我一脸懵。“走，一起去上课！让你蹭个课。”许强拍了拍我的肩膀，拽着我往教室走去。

“跟你说啊，我们这个专业，女生太少了！大学里想脱单怕是指望不上了！”许强一边说一边摇头，“真羡慕你，小学教育专业，女生多。”“哈哈，这倒是。”我憨笑着说。我突然想起，许强读的专业是通信工程，赵嘉楠也是学这个专业的。

“你们下午上什么课？”我问。“通信技术，我也说不清楚，两大节课呢！走吧，快上课了。”许强拽着我进了教室。放眼望去，果然没几个女生，看来赵嘉楠在她们专业也是“稀有物种”了。

## （二）

这天晚上，许强请我吃了些小吃，然后我们去逛了一会儿，之后我便去旅馆跟张昱凡会合了。张昱凡早就到了，不住地抱怨：“别提了，整个下午都在陪我女朋友改考卷，晚上一起吃晚饭，她还在继续改考卷！”“哈哈，知足吧，跟女朋友一起做什么事都应该开心！”我拍拍他的肩膀说。

隔天，张昱凡挺早就出门了，说要跟女朋友去划船游湖。许强打电话来说他们临时通知有一个实践考试，需要一个上午的时间：“没事儿，陈斌很快就来陪你了！你还是先到我们校门口等吧。”“好的，没事。”我放下电话，走到他们大学门口，等了一会儿，陈斌还没来。这时许强又打电话来了：“陈斌这小子，气死我了！说有个他很喜欢的女‘网红’去他们那个校区表演了，他去看美女了，一会儿才过来！气死我啦！美女能有咱兄弟重要？等他来了，我不请他吃饭，我只请你！让他自己付钱去吧！”说罢，许强气冲冲地挂了电话。

许强话音刚落，陈斌就出现了：“嘿，兄弟！”“陈斌？你不是去看美女‘网红’了吗？”我顿感吃惊，拍拍陈斌的脸，还以为自己在做梦。“美女哪有兄弟重要，你别听许强瞎扯！我说是这么说，但我可没去看表演，赶紧来找你了！”陈斌拍拍我的肩膀，“走，蹓跶去！”

于是，陈斌带着我去爬了一座不太高的山，景色还不错，满目翠色葱茏。爬完山，差不多到中午了，许强考试结束，便请我们一起去吃饭。我们边吃边聊天，十分畅快。

下午，我们一起去逛了一个风景区。隔天早上，陈斌他们学校有任务，便没来。许强继续带我逛了一会儿，之后我便和张昱凡一起坐动车回家了。

在动车上，张昱凡感叹道：“哎，话说，这次可是我跟我女朋友的第一次约会！”“哈哈，我知道啊，你们的恋爱就是从异地恋开始的。”我笑道，“感觉如何？”“还不错！”张昱凡点点头，一脸喜悦。

回到宿舍，我又忍不住给赵嘉楠发消息，说我去蹭了跟她同专业的一个哥们的课，还说了一些有趣的见闻。赵嘉楠回复道：“哈哈，是啊，我们专业的这两门课，一门很复杂，不容易听得懂，一门都是理论，靠背就行了。”

傍晚，系里奖学金名单下发了，我和钟亦明得了一等奖学金，林文宇和卢靖元得了二等奖学金。张昱凡和黄立便开始张罗着让我们请客了。

“行！烤肉安排上！”我们四个异口同声地说。

## （三）

上学期期末，经过全班投票和系里的考核，我和林文宇、朱艺娴、张小晴成为了班级里的第一批入党积极分子。这学期，我们便开始了党课的学习。每周三下午，全院统一没课，党课也安排在这个时间。

两周后，本期党课学习结束，社团和部门的活动也开始推进了。

今年的送老迎新晚会只需要学生会参与，所以社团那边暂时不用排练节目。我们文艺部新任部长是电子系的一个擅长吉他的男生，他让我负责压轴节目——团委大合唱的排练，这让我有点紧张。团委大合唱的主唱是两男两女，两个男生都是电子系的学弟，学生会指导老师方静老师是主唱之一，另一位主唱是学前教育系的一个女生，唱歌很好听，也是我们学院歌友会的会长。其他参与合唱的人员则是学生会各部门的学弟学妹，每个部门筛选出三人。

经过一段时间的排练，总算是顺利完成了送老迎新晚会的表演。

文学社的活动也在开展。有两个教师教育系的学妹表现得很积极热情。一个是小学教育专业的，名叫沈纯；一个是英语教育专业的，名叫林思思。我内心也有把她们培养成之后的负责人的打算，不过具体还要再看她们以及其他社员的表现。

我接手文学社后，便需要定期请郑晨老师过来上指导课。郑老师来上过几次关于国学文化和灯谜文化的课，大家都听得十分专注。

后来，隔壁两所大专院校的文学社正副社长都添加了我的联系方式。我受到其中一所院校文学社社长的邀请，组织社员们去他们学校参加联谊活动。我们社员的参与度很高，大家一起玩游戏、吃东西，活动结束后连连感谢对方的款待。在整个过程中，我和陈凯也都十分注意社员们的安全，这让我体会到作为主力军的责任感。

有一次，在社长学姐的介绍下，我邀请了市诗词学会副会长和一位省作家协会的老师来给我们上文学指导课，讲诗词文化，并请隔壁两所院校的文学社员有空的也一起过来学习。

社团活动开展得如火如荼，我虽然觉得辛苦，但又觉得很充实，毕竟文学是我的兴趣爱好。

而陈凯那边，微电影也在着手准备了。

“兄弟，帮我写个剧本呗，需要结合本地风土人情，是爱情故事。”这天，陈凯找到我说。“行啊。”我花了一晚上时间构思了一个剧本，讲的是一对青梅竹马的故事。我发给陈凯，陈凯看了看，皱着眉头说：“那……这样我是不是还得找两个小演员来演男女主的小时候？这太麻烦了吧。”“嗯……是啊。”我点点头，又看向他，“那……”“没事没事，我自己也有一些思路，还有我们新闻部的一个同学也有思路，咱们三个人的思路我都截取一下，就全是编剧了。哈哈。”陈凯笑道。

陈凯找了我们宿舍的林文宇演男主，本来想找他女朋友演女主，但那位学姐在实习，只能作罢。于是，陈凯又找了学前教育专业的一个漂亮学妹当女主。我们宿舍的卢靖元也有参演，演一个路人。他们都是周末时去一个镇里拍摄的，需要结合那个镇的风土人情。偶尔听他们讲到拍电影时的趣事，感觉也蛮有意思的。微电影名叫《断章》，讲的是大学毕业后情侣面对异地恋和工作的事，应该也能引发不少人的共鸣。过了一段时间，微电影终于拍摄完成，接下来就等剪辑了。

这学期，我们也有了校内公选课。我之前托同学帮忙抢的课，抢到的课是《寻根中华文化》和《生命科学素养》。前者有关传统文化，是我非常喜欢的课；后者会讲到一些动物科学的奥秘，挺有意思的。巧的是，《寻根中华文化》这门课的后桌是陈凯和一个电子系的电脑大神。陈凯说微电影的字幕要请这位大神帮忙。

“看来拍部微电影还真不容易。”我拍拍陈凯的肩膀，“辛苦了，凯兄。”“是啊，拍的过程各种取景就挺辛苦的了，还要剪辑、录音、配字幕啥的，一系列的麻烦事。”陈凯耸耸肩。虽然他在抱怨，但他又是那么乐意完成这件事，毕竟这是他的兴趣爱好。就像我虽然也会跟舍友们抱怨社团工作的辛苦，但我也乐意担下这份责任，只因热爱。

## （四）

陈凯的微电影终于剪辑完成了，在校内公映，还获得了市里的三等奖。总体效果还是很不错的，从此他便有了“陈导演”的称呼。这位兄弟之前由于忙微电影的事，经常熬到半夜。这天我们有文学指导课，他跟我说：“这次指导课我就先不去了，辛苦你了，我得好好补补觉。”“行，你去好好休息吧，我来组织就行。”我表示理解。

接下来，社团开始定新任正副社长了。可想而知，作为负责人的我，便成了社长；陈凯是助理，便成了副社长。

这天，我们文学社决定组织一次社员聚餐。我和陈凯选定了学校附近的一家饭店，环境不错，东西看起来也挺好吃，价格也实惠。在吃饭时，有几个学弟开始聊起了历史。作为社长的我，真是自愧不如：在这方面，我懂的可比他们少太多了！

而我们社团的学妹大部分都比较文静。还好我们活泼开朗的女社员韩萱和同样很活泼的林思思学妹一起带动了女生团体的氛围，聚餐的总体气氛还是相当不错的。

最近，学校要举办社团文化节，第一个活动是摆摊。每个社团都要在教学楼一楼那边摆摊，弄一些活动项目。我和陈凯商量了一下，决定弄个猜灯谜活动。我去采购了一些明信片和书签用来当奖品，然后去网上找了一些灯谜。陈凯让我把灯谜弄成文档发给他，他再去打印。我发给他之后，他突然发了一句话过来："你找的都是鬼！"然后还打电话来冲我吼了一声，具体也没说清楚。

这是怎么了？吃枪药了？我一脸懵。点进去详细看了一下，才发现我忘记删掉谜底了。但是，这位仁兄也没必要这么生气吧！我赶紧把谜底删掉，重新把电子档发给他，结果他一直没有回复。想想，我还是自己去打印了。

在从打印店回宿舍的路上，我遇到了陈凯。他好像正在跟社联的同学说事情，我并不想理睬他，扭头就走，任凭他在后面叫我。

"我打印好了，不劳烦你了。"我给陈凯发消息道。"对不起，刚才在电话里我语气太重了。最近因为微电影的事情比较忙，事情太多了，不好意思啊。”陈凯解释道。

我想了想，好吧，我也有做得不对的地方。他最近事情很多很忙，语气重是正常的。我也得理解，毕竟工作搭档友好相处才能好好配合，才能一起带领社团，让社团发展得更好。

“行吧，没关系，还是好哥们！”我回复。他很快便回了一个高兴的表情包过来。

翌日下午，各社团在教学楼一楼的长廊摆满了摊，我们文学社的灯谜也亮相了，有挺多人来参加。

下午5点，社团文化节的摆摊活动结束。明信片和书签还剩几张，我和陈凯就把它们分发给一起帮忙的学弟、学妹了。本来还想私藏几张，竟没机会了。“总算顺利完成了！”我和搭档陈凯相互击了个掌。

陈凯同时还是院社联新闻部部长，这次的活动他也拍了不少照片。

## （五）

社团文化节的第二个活动，便是社团文艺汇演了，每个社团都要出节目。去年我们表演的是汉服秀，今年我和陈凯商量了一下，打算来个民国风：男生穿中山装，女生穿民国学生装或者旗袍。

“节目形式也应该考虑一下吧，看能不能既有女生穿民国学生装，也有女生穿旗袍。”我们同级的韩萱提议，“如果有朗诵，我可以负责指导。”韩萱现在是院学生会学习部的副部长，她对文学社的工作也很热心。“可以啊，也可以效仿去年，结合朗诵、唱歌和舞蹈。”我说。

我组织社员们商量了一下，又排练了几次，终于把节目形式确定了下来——以“青花瓷”为主题。两个学妹先一起朗诵一段关于青花瓷的散文诗，朗诵结束后，两个学弟唱《青花瓷》这首歌，同时，一个擅长跳舞的学前教育专业的学妹拿着扇子跳舞。最后，所有人再一起上场朗诵一段大气的祝福语，这段祝福语是我们社团的林思思学妹写的。所有上场的男生都穿中山装，除了跳舞的学妹穿青花瓷纹样的旗袍外，其余女生都穿民国女学生装，蓝色上衣配黑色裙子。虽然比不上去年的大气磅礴，但又多了些许婉约温和。“节目名称就叫《青花词情》吧！”陈凯提议。“行。”我点点头，开始去联系服装租借的事宜。

“学长，你不参加表演吗？”林思思学妹问我。“不了，这次让你们年轻人上吧！表演节目可以加学分，你们加油！”我笑着说。

社团文艺汇演开始了，我比自己表演还要紧张，毕竟我是带着他们一起准备的学长。中途跳舞的学妹不小心把扇子弄掉了，还好学妹临危不乱，空着手也舞出了优美的舞姿。总之，整个节目表演还算顺利。

表演结束后，我们大家来了一张大合影。“大家都辛苦啦！回头我跟陈凯学长再找时间犒劳一下你们！”我说。“好啊，好啊。”学弟、学妹们笑得十分灿烂。

回到宿舍，我看到今晚负责唱歌的其中一个学弟给我发了消息：“学长辛苦了！”“不辛苦，应该的！”我回复。

我突然想起了去年的这个时候，当时我也是学弟，有学长、学姐带着我们。而现在，我成了学长，要带着学弟、学妹们。或许，这就是传承吧，一届又一届。

愿我们的文学社，越来越好。

## （六）

社团文化节的第三个活动是每个社团办一个带有自己社团特色的相对大型的活动。带有自己社团特色？我不禁想起了《中国诗词大会》。或许，可以仿照《中国诗词大会》的形式来办个活动？

我把我的想法跟陈凯分享了一下，陈凯也点头同意。我们讨论并调整了一下，活动形式如下：邀请隔壁两所大学的文学社社员都来参加，活动就叫“文学知识竞赛”，分为三轮。第一轮是成语接龙，第二轮是“飞花令”，第三轮是文学知识抢答。因为我们还邀请了外校成员来，感觉面子上不能过不去，所以我们决定把奖品定得贵重一些，准备一些优盘、保温杯、钢笔之类的。

由于题目是我和陈凯一起出的，所以我们俩都没有参加这个竞赛，决定到时一起维持整体秩序。那么，主持人的问题就来了，该定谁呢？我们文学社内部的社员都要参加呀。

我突然想到，学前教育专业有一个主持方面很出色的女生。我便去问她到时能不能来当我们文学社活动的主持人，她说她那天有事要忙，给我推荐了一个也是学前教育专业的学妹，是她们部门的。她说这位学妹也很棒。

我要了这位学妹的联系方式，并约了她见面。果然，她是一位明眸皓齿、气质出众的姑娘，而且声音很好听，很适合当主持人。“辛苦了，学妹。”我笑着把主持稿递给她，“这是主持稿，你拿去熟悉一下。”“哈哈，没事，学长。能有这次机会我也感到很荣幸。本来到时想去做兼职，我们部长学姐跟我说了这件事，我觉得这是一个特别的活动，毕竟我还从来没有主持过文学性的活动呢。”学妹说。“哈哈，希望我们的活动不会让你失望。合作愉快。”我笑道。

# 第十七章．忙忙碌碌（下）.

喜闹、喜动，有趣、有盼.

## （一）

文学知识竞赛活动如期举行。在活动前，陈凯还设计了一张海报，海报以唯美的古风为背景，上面还有几个大大的毛笔字——“十里春风，不如一起看竞赛”，整体显得浪漫又不失大气。海报上还详细列出了主办方和比赛规则等信息。

“不错啊，凯兄！”我夸道。

我提前联系了隔壁两所大学文学社的社长，他们也各自带了参赛社员过来。我们在一个大教室里举行了活动。主持人学妹如约而至，她穿了一身米色的连衣裙，搭配一双带点儿鞋跟的银色单鞋，长发披肩，显得端庄得体。

在主持人学妹陈欣欣标准的普通话中，活动正式开始了。本次活动大家热情高涨，尤其在“飞花令”环节，我出了“云”“月”“花”“山”等高频词汇，选手们你一句我一句，气氛热烈。比赛结果出来了：一等奖是隔壁那所技术性院校的一位学弟；二等奖是我们社团的林思思学妹和隔壁那所医学院校的一位学妹；三等奖中，一位是我们社团的沈纯学妹，另外两位均是那所技术性院校的学弟。看来那所兄弟院校的实力不容小觑。

活动结束后，大家来了张大合照，主持人学妹陈欣欣站在中间，笑靥如花。

“送你的纪念品，辛苦你了。”我递给陈欣欣学妹一个粉色的保温杯。这个保温杯是我和陈凯去采购奖品时连同其他东西一起买的。当时是我跟陈凯说：“主持人学妹也挺辛苦的，咱们是不是得请她吃个饭？”“也不知道人家女孩子会不会害羞，哈哈，一下子就跟两个学长吃饭。”陈凯笑道，他指着旁边一个上面有可爱图案的粉色保温杯说：“咱们买这个送她吧，天气渐凉，刚好实用，而且是粉红色的，女孩子肯定喜欢。”我拿起杯子看了看，说：“哎哟，不错嘛！凯兄啊，你这么懂，说你母胎单身我还真不信！”陈凯不好意思地挠挠脑袋，笑了笑。

“谢谢学长。”陈欣欣学妹接过来，有点儿害羞地笑了。“这是陈凯学长挑的！”我戏谑地笑道。“哈哈，是吗？谢谢陈凯学长。”陈欣欣学妹把头转向陈凯，笑道。“不客气，学妹。”陈凯也笑得有些害羞。“主持我们这个活动，感觉如何？”我问。“很好！”陈欣欣学妹称赞道，笑得眉眼弯弯，“这真的是一个很好的锻炼机会啊，而且在这个活动中我又收获了很多文学知识。谢谢学长们给的机会啦！”“哈哈，学妹客气了，应该是我们谢谢你来当主持人。”陈凯微笑道。

过了几天，陈欣欣学妹突然找我：“学长，你会修路由器吗？”“我不会。”我回复，“陈凯学长或许会，你可以找他。”于是，我把陈凯的微信推给了她。“好的，谢谢学长。”陈欣欣学妹说。

一方面，我觉得电脑技术高超的陈凯兄肯定能帮忙；另一方面，如果有机会撮合他和陈欣欣学妹的话……那可是美事一桩！君子啊，可得成人之美呐！

所以，本道遥哥哥决定静候佳音。

## （二）

这学期，我决定申请加入我们县作家协会。递交了所需的表格和材料后，就等待审批了。一个多月后，我收到了审批通过的通知。又过了一个多月，我收到了县作家协会会员证，倍感激动——毕竟这是组织对我文学方面的认可。

这学期，我们的专业课任务依然繁重，我们需要制作一些比较复杂的幻灯片进行模拟试讲，还要分小组来主持班会。除此之外，课业任务也很多。同时，我的自考本科还有省统考要准备，都需要抽时间复习。有时周末还得上自考本科的课。再加上社团和部门的活动以及一些常规性任务，我感觉每天都被安排得满满当当的。不知不觉，我已经很久没跟赵嘉楠联系了，而她也没有找过我。我去翻了翻她的朋友圈，她偶尔会发一些日常，比如校园里的一草一木，或者是一些读书感想。

“哎，我发现咱们宿舍好久没一起聚餐了！”某天，黄立突然说。“我们哪有空啊？”林文宇撇撇嘴，“我是系青年志愿者协会的副主席，卢靖元是主席，张昱凡是系学生会体育部部长，钟亦明是院勤工俭学中心的主任，逍遥是院文艺部部长助理和文学社社长，全宿舍最闲的就是你了吧！”“哎，个个都是大忙人啊。”黄立耸耸肩。

“没事，回头等大家闲一点儿了，就来聚个餐吧！吃大餐！”我说，“到时候看是要烤肉还是火锅，我来安排！”“好！”大家附和道。如此忙碌的生活，让我开始怀念起大一时经常全宿舍一起兼职和下馆子的日子。

我刷着朋友圈，正好看到赵嘉楠发了一条朋友圈。内容是一张照片，上面是一串樱桃和一本书，配文是：“边吃樱桃边看喜欢的书，惬意。”我评论了一句：“你喜欢吃樱桃啊？”过了一会儿，她就回复过来：“是啊。”

我多想有机会买樱桃给她吃啊。我笑笑。这大概是这学期以来，我们的第一次联系。

“你们普通话啥时再考啊？”我妈突然打电话过来问。“啊，我差点儿忘了这档事，幸好是下学期呢！”我说，“妈，还早呢，下学期才考！”“行行行，到时记得报名！看能不能拿个一级乙等回来！”我妈说完便挂了电话。

## （三）

社团文化节终于结束了，我终于可以喘口气歇息一下。刚打算拿起自己喜欢的散文集阅读，陈凯的电话就打来了：“听社联说，咱们文学社得弄个征文比赛了。”不是吧？我还以为可以轻松一点儿，任务竟然又来了！

经过我和陈凯的商讨，我们把征文主题定下来了，一共三个主题，大家任选其一进行写作，再一起评奖。主题分别是——我的青春、我的大学生活、古风。我把社团官方QQ的密码忘了，所以只能让大家投稿到我的QQ邮箱。于是我在社联负责人群里发出了征文通知，整个学校各班都转发开来，征稿就这样开始了。

我们也设置了纸质稿的投稿箱。之前学长、学姐留下来的投稿箱已经破旧不堪了，我和陈凯又去买了一个，并进行了简单的装饰。我们把它挂在生管处旁，也通知了大家纸质稿可以投在此处。

本次征文比赛，只要参加就能得一分学分，所以我们宿舍的每个人都写了，只是除了我之外，他们都是应付了事，只想混个参加分而已。这次征文获奖者不仅可以在综测上加参与活动的学分，而且获奖者的文章会全部选入我们社刊。我们的社刊是校级刊物，又可以另外加分，所以这次大家的参与度极高。

我写的文章题目是《古典文学素描》，用比较诗意的方式串起了对各朝代代表性文学体裁的一些语句描写。在宿舍实在无心写作，只想跟舍友打闹，所以在某个没课的下午，我来到了图书馆，戴上耳机，在古风歌的熏陶下完成了这篇文章。当然，后续又用零碎时间修改了几次。

征文截止后，我和陈凯组织我们社团的文编组成员们开始进行初次审稿工作。我们先筛掉一批，剩下的需要交给我们文学社的指导老师郑晨老师，由他评出最终获奖者。

审稿的时候，我让有笔记本电脑的文编组成员都带到我们班级教室，纸质稿也一并拿好，大家开始了紧张的审稿工作。

“学长，这篇文章好眼熟啊。”图书档案管理专业的学妹林允跟我说。我仔细看了一下，这投稿的人也抄得太离谱了。“取消她的参加分。”我说。

经过我们紧张的初审后，还剩一部分文章，这些文章我们每一篇都查了一下，确保不是抄袭文。然后我联系了郑晨老师，把电子稿发给他，纸质稿也交给了他。过了几天，评奖结果出来了，我是二等奖，我们社团有几个社员也获奖了。当然，老师也很公平，都是只看文章质量的。

陈凯拿着获奖名单去社联办公室打印了奖状，我们又一起去买了钢笔、书、笔记本等奖品。“女生获奖者就让她们去韩萱宿舍领奖状和奖品，你觉得如何？总不能让她们来咱们男生宿舍吧，那太不方便了。”陈凯建议道。“好的，好的。”我点头，“咱们先公布出获奖名单，接下来得把这些获奖文章收入社刊了，所以啊，又要弄社刊了。”我拍拍陈凯的肩膀，我们兄弟俩摇摇头。任务还没有结束啊，任重道远！

## （四）

我们开始着手准备社刊的制作了。我的电脑水平不太好，所以编辑排版这个光荣而又艰巨的任务就交给了我们的副社长——电脑大神陈凯，他带着几个宣传组成员一起做。而我则带着文编组成员们一起给文章做好分类，我还写了卷首语，并带着外联组成员给门口的打印店（包括租车行）拉了赞助，因为我想要彩色封面的社刊，而学校只能提供普通的黑白打印。那家打印店表示愿意赞助500张彩色封面，不过要求我们在社刊的每一页都写上他们的店名，并在封底做相应的宣传。我把此事告诉了陈凯，陈凯表示完全可以。

过了一段时间，社刊的编辑排版工作终于完成了，也就是说社刊电子版出来了。接下来当然就是要把它变成纸质的了。我和陈凯带着沈纯、林思思、林允等一些学弟、学妹去社联办公室打印。因为需要整理页数，所以需要的人手也比较多，我们叫来的学弟、学妹们都是社团里工作比较积极的。打印完之后，陈凯教我们一起用一种专门装订杂志的订书机来装订社刊。忙了整整一下午和一个晚上，终于搞定了。（特此说明：我们是在周三下午和晚上做这些事情的，周三下午全校都没课，是开展社团部门活动的时间，并没有占用到上课时间。）

看着一大摞社刊，我们格外自豪——这可是我们这么多天以来的劳动成果啊！虽然比不上书店里的杂志，但也有模有样了。这天，我们也很开心地聚了个餐——吃烤鱼和烧烤。

接下来，我便给获奖者们发短信，通知他们领取奖状、奖品和社刊。男生都来我们宿舍领，女生则去韩萱宿舍领取。在此次征稿活动中，有一首诗歌我很欣赏，虽然它只得了优秀奖，但我觉得很特别，是我喜欢的风格，名为《青春三部曲》。在诗歌里，作者把青春比喻为固态、液态、气态三种状态，我觉得这是一个很有特色的比喻。这首诗歌的作者是我们小学教育专业（3）班的沈以诚，他之前说怕QQ邮箱出问题，特意添加了我的QQ，直接将稿件发给我。

这天，沈以诚来找我领奖品，我也正好奇是怎样的人物，可以写出这么有特色、这么对我的胃口的诗歌。细看，原来是一位个子很高的男生，模样十分周正。他风风火火地来领了奖状、奖品和社刊，又快速离去。我对他的评价是——风一样的男子。

## （五）

社刊都分发给获奖者们了。剩下的社刊，我们分发给了文学社社员们，每人一本；各系办公室各五本；我们文学社指导老师、社联指导老师、学生会指导老师各两本；整个市区高校文学社各十本（还有一个我们县里的高校，我们打算之后过去交流时再送过去）。此外，我们还在学校大门入口处摆摊分发，让喜欢文学的同学们自己来领取。后来剩下的不多了，我和陈凯也各自存了几本。

社团工作告一段落了，幸而我的专业学习没有落下，专业课小测的分数也还行。

我的舍友们各自部门的工作也都告一段落了，大家开始一起探讨学习，还有爱情。

卢靖元也交女朋友了，是我们系里的一个学妹。听说两个人是一起在机构里做兼职认识的。

这下，我成了我们宿舍唯一的单身了。不过，我也觉得没啥，缘分这事儿毕竟不能强求。而且……

想到这里，我的脑海里浮现出了赵嘉楠的身影。

很久很久没联系她了，要给她发个消息吗？但是我又不知道从何说起。

算了，还是洗洗睡吧。爱情算什么？早点儿睡，命重要。

## （六）

今天，我们市的师范大学学通社邀请我们文学社参加他们的一个座谈会。一般这种外校的座谈会都只邀请社长和副社长，所以我和陈凯代表社团去参加。全市的高校文学社和学通社也都到场了。我们学校没有学通社，便只有我们文学社作为代表过去参加。

座谈会开始了，气氛不但不严肃，反而大家相谈甚欢，就好像朋友聊天一样。大家聊的大多是各自社团的一些活动，还有刊物的制作和宣传。文学社主要是出整本的刊物，学通社则以报纸为主。我们也和其他兄弟院校的社团交换了刊物。

这天晚上，我们大家一起吃饭。作为东道主的师范大学请客。吃完饭，大家互道再见，我和陈凯决定去这所师范大学的图书馆逛逛。听说他们的图书馆很大，藏书十分丰富。

到了图书馆，陈凯直奔武侠小说专区，我则走向经典文学专区。看了一会儿书后，陈凯跑过来轻声问我：“嘿，考考你。”“说。”我故作高冷地应道。“金庸的14部小说可以连成一句话——飞雪连天射白鹿，笑书神侠倚碧鸳。你知道是哪14部吗？”陈凯问道。这可难不倒我。虽然武侠小说我看得不多，但也是略知一二的，毕竟电视剧看了不少。我回答道：“《飞狐外传》《雪山飞狐》《连城诀》《天龙八部》《射雕英雄传》《白马啸西风》《鹿鼎记》《笑傲江湖》《书剑恩仇录》《神雕侠侣》《侠客行》《倚天屠龙记》《碧血剑》《鸳鸯刀》。”“哇，全对，而且哥们儿你肺活量可以啊，一口气说了这么多书名。”陈凯一副刮目相看的表情。“那我也考考你，J.K.罗琳写了7本书，书名可以连成一句什么话？”我问道。“哈哈哈哈哈哈哈。”陈凯回答。（《哈利·波特》系列共7本），这小子，竟然答对了！我也笑出声来。我们突然意识到这是在图书馆，不可大声喧哗，于是赶紧小跑出去。

我们跑了几步，陈凯的手机突然掉了。“兄弟，你手机掉啦！”我帮他捡起来，不小心按到了，突然瞥到手机壁纸是陈欣欣学妹的一张发过QQ空间的生活照，巧笑倩兮，清扬婉兮。原来这小子心有所属了！“哎哟，原来凯兄有心上人了呀！”我故意阴阳怪气地说，不把手机给他，“那你兄弟我可要多看看里面还有陈欣欣学妹的哪些照片了！”“哎呀，别别别……”陈凯扑过来用力把手机抢过去，一个趔趄差点儿把我撞倒。

“说，啥时候的事儿啊？啥时看上人家的呀？”我继续阴阳怪气地拷问道。“哎呀，也就……前不久啦。就是你让我帮她修路由器那次啊，后来我们也一起做过兼职发传单，偶尔有聊天啦。哎呀……那啥，还没追到呢，你可别往外说！”陈凯用力地拍了一下我的脑袋。疼死我了！“行吧，本逍遥哥哥就为你保密！”我看着脸色绯红的陈凯，不禁笑出了声。

接着，我们就骑着租来的“小电驴”回学校了。在回去的路上，陈凯也戏谑地跟我说：“哥们儿啊，你们宿舍可就剩你一个单身的了，你可得抓紧啊，我可不信你没有喜欢的女孩子！”“我……”我支支吾吾地，脑海里又浮现出了赵嘉楠的面容……

晚风习习，月光洒在街道上，街道上也洒下了少年爽朗的笑声。此时，月色正好。

# 第十八章、琐碎又温暖的日常（上）.

以欢喜之心，慢度日常.

## （一）

临近期末考，课程相对少了一些，主要靠我们自习，我和舍友们开始了泡图书馆的模式。说到期末考，我其实并不太紧张。之前我感觉计算机和英语这两门课肯定要挂，结果都踩线过了。目前自考本科的那些科目也都顺利通过了，接下来就是写论文了。我庆幸自己自考本科的十几门课都是一次性通过的。有一段时间，我每周末都在上自考本科的课，那段时间真是太不容易了。不过没办法，这是我为高考没考上本科所付出的代价。自己选择的路，跪着也要走完。班里也有几个报自考本科的同学，他们有几门比较难的科目没过，只能等下次补考。只有考完沟通课程、衔接课程、核心课程的所有科目，才能开始写论文。

下学期开学初就要上交自考本科的论文，我计划寒假期间开始写论文。

从赵嘉楠的朋友圈里可以看出，她最近也在认真备考。她的英语比较薄弱，这几天都在进行英语背诵打卡。在我的印象里，她一直是一个自律且勤奋的女孩。听说她初中时学习成绩就很不错，但临近中考时因为爱看小说，有点儿荒废学业，所以中考没考上一中。在我们学校读书时，她高一也没读实验班，但后来经过努力，高二文理分科后考上了实验班，并且每次大考都稳居年级前三。

我突然觉得，仰慕一个积极上进的女孩子挺好的，她也给了我前进的动力。虽然我也不算特别上进，但至少对待课业不松懈，对待社团和部门的工作态度也比较认真，偶尔还会去兼职发传单，日子过得还算充实。

## （二）

接下来，我们文学社就要选举社长和副社长了。其实不用想也知道，作为负责人的我肯定会当选社长，作为助理的陈凯肯定会当选副社长。

期末考终于结束了。考完试，照例跟舍友们去下馆子，这次我们选择了吃火锅。舍友们都在讨论寒假要跟女朋友去约会、旅游之类的事情。作为全宿舍唯一单身的我，只能默默地听着他们唠叨。

“哎，逍遥，你寒假有啥安排？要不要找个女朋友？”张昱凡笑着问我，一边说一边把手搭在我的肩膀上。“啧啧啧，我哪来的女朋友啊！”我拨开他的手，避开这个问题。“行吧！那你加油啊！咱们宿舍就只剩你单身了！”黄立耸了耸肩，笑着说。

跟舍友们吃完火锅回宿舍后，我去了陈凯的宿舍，找他一起讨论社团期末总结会的内容。顺便跟他说了一下我们县那所高校的文学社（《论语》研习社）想邀请我们文学社下学期去他们学校交流的事情。主要因为那所高校在我们县，那位社长对我比较熟悉，感觉会更亲切一些。那位社长说让我们带两位主力社员。我们社团的沈纯和林思思都有接手我们“退休”之后的社团工作的打算，而且她们的能力都不错。我想着，到时候就带她们一起去吧。

## （三）

美好的寒假终于来了。在寒假刚开始的前几天，我基本都是在睡觉中度过的。

这天，赵嘉楠突然问我：“什么是教师资格证？”

她问这个干啥？难道她也想考？虽然她是通信工程专业的，跟教师这个职业好像没什么关系，但非师范生中确实有不少人想考教师资格证。

难得赵嘉楠会主动联系我，我赶紧给她详详细细地回复了。

“教师资格证是当老师的一个凭证。幼儿园老师要考保教知识与能力以及综合素质；小学老师要考教育教学知识与能力以及综合素质……这些只是笔试，还需要通过面试，普通话水平达到二级乙等（80分）以上才能拿到资格证。”

“嗯，我去跑步了。”赵嘉楠只是如此简单地回复。

好吧，这么敷衍。我叹了口气。

寒假时间比较短，所以我也懒得去做兼职。平时要么去跟发小许强、陈斌他们打打球，要么就跟小洲一起下下棋，或者去书店看书，要么就在家里写论文，日子过得还挺充实的。我很想约赵嘉楠一起出去，但一直不好意思开口。

某天，我也不知道哪来的勇气，直接给赵嘉楠发了信息：“寒假都在干啥？我去找你玩好不？”没想到赵嘉楠很快就回复了：“好啊，欢迎呀。带你爬山怎么样？”

于是，我俩一拍即合，约定三天后一起去爬山。

## （四）

和赵嘉楠相约爬山的日子到了。我一大早就醒来，整理了一下仪容。整理完后，我看到镜子里那个精气神不错的小伙，还自夸了一下——不错，虽然算不上帅，但也挺有精气神儿的。

我搭上客车，跨越了两个镇，到了赵嘉楠所在的镇。给她发了条信息，但她还没回复。百无聊赖的我看到车站边上有个超市，超市门口有个弹珠游戏机，我觉得还挺好玩，便充了三个币玩了起来。

“嘿，逍遥！”一声银铃般的声音响起。我回过头，映入眼帘的是赵嘉楠灿烂的笑脸，我不禁失了神。“走了，我载你。”赵嘉楠说。于是，我坐上了她的电动车后座，不敢与她靠得太近。看着少女细白的脖颈和头盔下轻轻舞动的秀发，我竟有一种岁月静好的感觉。我想，此刻的我应该是嘴角上扬的吧。

赵嘉楠载着我，先到了一家肉粽店门口，请我吃了肉粽配酸梅汁。“这就是今天的午餐了。如果没吃饱记得说，再给你补点儿。”赵嘉楠说。我感到有些不好意思：哎呀，让一个女孩子付钱！“很饱啦，这肉粽挺大的，哎呀，真抱歉，让你破费了！”我挠挠头，不好意思地笑笑。“没事啦，我就是尽地主之谊嘛。等以后我去你家那边玩，你请我吃饭不就得了？哈哈！”赵嘉楠爽朗地笑道。

吃完肉粽，赵嘉楠载着我到了她家，指着沙发上的一堆零食说：“哈哈，我昨天就去买了一堆零食。咱们可以边爬山边吃，把这些零食放到我的书包里，一会儿背着走。”我不好意思地挠挠头：“哎呀，这么客气，真是麻烦你了。那说好了啊，等一下我背书包，我是男子汉嘛。”“嗯……那行吧！”赵嘉楠微笑着回答。

“你爸妈不在家吗？”我环顾了一下四周。“是啊，都在外地工作呢。”赵嘉楠说。

这时，我突然瞥见她家沙发上有一叠试卷，便凑过去看。原来是赵嘉楠高三的物理考卷。

“咦，怎么你的高中考卷还在啊？我高中的考卷都被学弟、学妹拿走了。”我说。

“哈哈，收拾东西时翻出来的，也没什么用啦。”赵嘉楠有些不好意思地笑道。

此刻，我的眼前突然浮现出一个场景：教室里，一个文科男生在向一个理科女生请教《会考纲要》上的物理问题，理科女生一边讲解，一边在草稿纸上写写画画……

时间过得真快，那已经是好几年前的事情了。

我就是因为问问题才认识赵嘉楠的。可是，当时问她问题的人那么多，我是怎么慢慢和她变熟悉的呢？我也记不清了。

那时候，我也没想到后来的自己会……对她有这种特别的感觉。

是什么原因呢？或许，是因为她的名字好听，有诗意？她是一个阳光的女孩，笑起来很温暖，学习成绩好，唱歌和体育方面也很在行，积极上进，浑身充满正能量，就像一颗小太阳一样。

或许，也有其他人有着和她一样的特质，但为何我……只是对她有这种特别的感觉呢？

我是喜欢她吗？不过，“喜欢”这个词好像有点太重了。

可是，如果有人问我是不是喜欢她，我可能又会点点头吧。

我心里想着。

此刻，回忆已经远了，我晃晃脑袋，从回忆中回过神来。反正，回忆里的那个人就在眼前。

## （五）

“你想啥呢？”赵嘉楠的手掌在我眼前晃了晃。

“啊……没有、没有！”我摇摇头，不好意思地笑了笑。

“走了！这次你载我好不？我给你指路。”赵嘉楠笑得甜甜的。

“可以啊。”我点点头。

骑上赵嘉楠的电动车，身后少女轻轻的呼吸搔得我耳畔痒痒的，我大气也不敢喘，想必此时的自己脸肯定红了。

由赵嘉楠指路，我终于骑到了山脚下。抬头看，山不算很高，但看起来没有阶梯，应该不太好爬吧。这丫头也真是的，咋选了这么一座山呢？我咂咂嘴，不过又想着一会儿爬山可以找机会保护她，也不错。

开始沿着山路走，是羊肠小道，弯弯曲曲的。我这个路痴真佩服赵嘉楠，她竟然不会迷路。

“哎，你是花了多长时间把这路记住的？”我问她。

赵嘉楠笑笑：“我从小爬这座山长大的！记不住路才怪呢。而且，我又不是路痴。”

哦，原来是个爱爬山的淘气丫头啊！我笑了笑。

慢慢地往上走，开始上山了。这山真的不好爬，需要手脚并用。等到要攀上一块石头的时候，我发现赵嘉楠爬不上去。我爬上去之后赶紧朝她伸出手，把她拉了上来，手心都有些发烫了。

“哎呀，也不知道咋回事，今天竟然发挥失常了。”赵嘉楠不好意思地笑了笑。

我们继续爬着，又到了需要手脚并用的地方。我赶紧跑到前面，帮赵嘉楠把遮挡路的树枝拿开。总之，全程爬下来，基本都是我一边爬一边拉她，当然，我也不好意思拉她的手太久。

我们到了一个山洞旁，我颇感兴趣：“哇，这里有个山洞。”

“这个山洞是以前打仗时战士用来躲避敌人的。”赵嘉楠说，“不过这只是半山腰，到山顶还有一半的路程呢。”

“那山顶有没有比较平的地方，可以坐的？”我问。

赵嘉楠点点头。

我们开始吃东西了。赵嘉楠拿出一包海苔，我们一边吃一边聊天，没多久海苔就吃完了。赵嘉楠把装海苔的袋子放回装零食的大袋子，毕竟一会儿下山要扔掉。

接着，我们两人开始穿过山洞。洞里很黑，一丝光都没有，我便把手机里的手电筒打开。穿完山洞，终于又重见光明了，我们便继续爬山。

我们继续手脚并用地攀登，我又拉了她几次，两人终于到了山顶。

“嘿，包重吗？”赵嘉楠问。

“本来就不重，现在就更轻了，毕竟有一些零食被你分担到肚子里了呀。”我回过头去朝赵嘉楠笑了笑。

我朝着山下看，那种“会当凌绝顶，一览众山小”的感觉油然而生。山风有点儿冷，但正好驱散了刚才爬山的劳累以及大中午的炎热，这种感觉实在是太爽了！

此情此景，做什么最合适呢？作诗？不对。画画？不对。唱歌？也不对。

正确答案是吃零食！

我们在一块较平坦的石头上坐下来，又开始一边吃零食一边聊天，终于把零食全部吃完了。

山风习习地吹着，有些凉了。“走吧，咱们下山吧。”赵嘉楠轻轻拉着我的衣角。

“嗯嗯。”我点点头。

下山的路也不太好走，我们一路下去时不时互相搀扶一下，终于到了山脚。回到赵嘉楠家里，我们又坐了一小会儿。赵嘉楠到楼上去拿了一个国际象棋的棋子给我看，是银色的，好像是铝做的。

“喏，给你看看。”赵嘉楠递过来给我。

我接过这精致的小东西把玩：“这是什么啊，国际象棋？铝做的吗？”

“是国际象棋，铝做的，是我大学里金工实训的作品哦。”赵嘉楠满脸自豪。

“哇，你做的啊，真厉害。”我正要还给她，没想到她说：“送你了！”

“啊，送我？”我感到很惊讶。

“惊讶什么，本来就是要送你的。”赵嘉楠笑道。

这么珍贵的礼物啊。我既感动又惊喜地接过来，放到了口袋里。

“你可别弄丢了啊，就这一个，丢了可就没有了。”赵嘉楠叮嘱道。

“当然不会弄丢，我会好好保管的。”我郑重其事地点点头。

## （六）

我要回家了，赵嘉楠载我去车站搭车。到了车站，我对她说：“可以了，你回去吧，我在这里慢慢等车，你注意安全啊。”赵嘉楠点点头，微笑着说：“嗯，那我先走了，你一个人小心点儿，拜拜。”她轻轻挥了挥手，便骑着电动车离开了。

我望着她渐行渐远的身影，心中涌起一丝不舍。真不知道下一次见面会是什么时候。

没过多久，车来了，我赶紧跑上去，找了个靠窗的位置坐下。车开动后，我打开手机，翻看着今天拍的几张风景照。看着看着，我突然懊悔自己忘记在山上和赵嘉楠合影了。不过，我倒是偷偷拍到了她在山顶上的侧影——清丽可人，阳光洒在她的发梢上，微微泛着光。她站在那里，微风轻拂着她的衣角，仿佛整个世界都为她静止。

抬头望去，头顶是那片蔚蓝的天空，广阔无垠，几朵白云悠悠地飘过；周围是辽阔的景色，远处的山峦起伏，近处的田野一片翠绿，一切都显得那么宁静而美好。

## （七）

寒假很快就结束了，我的论文也终于写好了。这篇论文改了好几次，过程真是不容易。永远忘不了大年三十那天，窗外烟花鞭炮齐鸣，热闹非凡，而我却还在房间里对着电脑修改论文，那一刻，我深刻体会到了“别人家的热闹”和“自己的忙碌”形成鲜明对比。

新学期开始了，我带着赵嘉楠送我的金工实训作品来到学校。这个小小的铝制棋子，我时不时地拿出来看看，仿佛能看到赵嘉楠当时制作它时的认真模样，也算是睹物思人吧。

这学期，我面临着教师资格证考试，任务还挺繁重的。除了要复习专业知识，我还得再考一次普通话，争取能达到一级乙等的水平。为了给自己增加点动力，我还在校外的作文辅导机构找了一份兼职，每周日下午都要去上课。我带的是二年级的班，主要教孩子们看图写话。每次看到孩子们天真无邪的眼神和充满想象力的作文，我都会感到特别有成就感。

这学期，我们县那所高校的《论语》研习社的社长也一直邀请我们去交流。终于在一个晴朗的周六早上，我和陈凯叫上沈纯、林思思两位学妹，一起搭上了长途公交。一路上，大家有说有笑，窗外的风景也格外美丽，仿佛连阳光都在为我们这次交流之旅加油。

# 第十九章、顶奔又温暖的膀(下).

热气腾腾，积极向上。

## （一）

今天是星期六，也是我们和县高校《论语》研习社交流的日子。我、陈凯、沈纯和林思思带上了社旗，一大早就出发前往县城。社旗是用来合影的。

经过两小时的公交旅程，我们到达了县城。然而，我们发现了一件令人沮丧的事情——社旗落在车上了。“怎么办？要追车已经来不及了。学长们，真不好意思！”沈纯显得很着急，因为刚才社旗是她拿着的。林思思拼命拍着她的肩膀安慰她。“没事，咱们找个广告店，再打印一面就行了。”陈凯说。“可是……打印社旗来得及吗？”沈纯依然皱着眉头，焦急地说。“去试试看呗，有总比没有好！”我说。

这么早，很多广告店都还没开门，不过我们总算找到了一家。打印一面完整的社旗显然来不及，于是我们决定只打印我们学校和社团名称的文字，然后自己动手贴在一块红布上。虽然看起来有点简陋，但总比没有强。

到达对方学校后，社长是个看起来很稳重的男生，他带着几个社员来到校门口迎接我们。我们和他们打了招呼，寒暄了几句，便开始参观他们的学校。他们的学校很大，环境也很好，还有一大片茶园。他们学校的特色是茶文化，茶文化专业尤为出众。

参观完学校后，我们来到了他们的社团办公室，我真心羡慕，因为我们学校的社团都没有属于自己的办公室，开会都只能用社长自己班级的教室。他们的社团办公室布置得古色古香，柜子、桌椅、茶几一应俱全，还陈列着各种类型的书籍。

座谈会开始了，主要内容是双方社团管理经验交流以及社员对不同文学体裁的喜好。他们还安排了志愿者时不时给我们倒茶，整体氛围轻松活跃。他们社员里有两位给我印象比较深刻：一位学弟名叫林子泉，戴着眼镜，能言善辩，谈吐之间可以看出他知识面很广，尤其对历史文化了解颇深，气质有点像古时候的说书先生。据他们的社长说，这位学弟将会成为下一届副社长，目前正在重点培养。还有一位学妹，长发披肩，留着娇俏的齐刘海，眼睛水灵灵的，十分甜美可爱，而且说话声音也很好听。当然，我对她也仅仅停留在欣赏的层面。

座谈会结束后，我们一起去了他们的食堂吃饭。他们食堂的菜色很丰富，还有我很喜欢的麻辣香锅。“凯兄，瞧，这个我喜欢！”我兴奋地拍着陈凯的肩膀。“兄弟啊，你到底是来交流的还是来吃东西的？”陈凯撇撇嘴说。

吃完饭，我们四个和《论语》研习社全体社员拿着双方的社旗一起合影留念。感谢《论语》研习社的热情招待后，我们坐上了返程的公交。想到他们第一次来我们县，我得尽一下地主之谊，便带他们在县城的游戏城玩了一会儿，还请他们吃了晚餐，最后搭公交回学校。今天虽然有些劳累，但很充实，也很开心。

## （二）

这学期的课业紧锣密鼓地进行着，我们还面临着教师资格证考试，一种紧张感弥漫开来。图书馆里经常被挤得满满当当的。舍友说，不光我们师范生要考教师资格证，不少非师范专业的同学也要考。

教师资格证考试有两科，分别是综合素质和教育知识与能力。综合素质的考试范围特别广，包括诗词歌赋、逻辑推理、生活百科、天文地理、写作文等，几乎涵盖了各个领域——只有你想不到的，没有它考不到的。这科我主要背了据说是必考的教师职业道德，以及几句教育专家的名言（写作文用），毕竟感觉实在没有明确的复习范围。教育知识与能力考的则是一些专业理论，主要是心理学和教育学等，相对来说还是有章可循的。

经过两周零零碎碎的图书馆奋战，终于到了考试那天。我们宿舍分成两拨人打车前往考点。考试时间分别是早上9点到11点和下午1点到3点。于是，在11点到1点这段时间，我们在考场外的汉堡店急匆匆地解决了午餐，然后又拿起书来临时抱佛脚。下午考完试，总有人在身边讨论自己的答案，我最不喜欢听这些了，便拉着舍友赶紧离开。

当晚，我们宿舍又集体去聚餐。一直沉浸在甜蜜恋爱中的林文宇也抽空赶来参加了，所以这次聚餐我们宿舍全员到齐。

“咋办啊？也不知道能不能过！”卢靖元突然焦虑起来。

“放心吧，一个月后才出成绩呢。先别想太多，该吃吃，该喝喝，遇事别往心里搁！”我拍拍他的肩膀安慰道。我自认为综合素质考得还不错，但教育知识与能力就有点乱七八糟的，只能希望合格吧。

## （三）

考完教师资格证，我就先把这事儿放一边了。虽然还要面试，但那都是之后的事儿了，还不知道笔试能不能过呢。

这天是星期一，《论语》研习社社长吴典给我发来了邀请函。他打算办一次市高校文学社团交流会，时间定在本周六和周日，地点就在他们学校。他邀请全市所有专科和本科高校的文学社社长、副社长参加这次活动，还安排了志愿者负责接待。我觉得这是个很棒的活动，便欣然答应了，并告诉了陈凯。陈凯也高兴地答应了——有吃有喝有住有玩还有交流，何乐而不为呢？

“逍遥，我有一个朋友在你们隔壁学校就读，是个女生，名叫钟小丽。因为其他社团都是一个社长、两个副社长，一共三个名额，而你们社团只有一个社长、一个副社长，空出一个名额，能不能让小丽去？”吴典问我。“当然可以。”我回复道。过了半晌，我又故作幽默地说：“对了，你们社团上次那个很可爱的学妹，本逍遥公子很是欣赏，能否安排她当我和陈凯的志愿者？”“当然可以。”吴典回答。我马上把这个好消息告诉陈凯：“有漂亮学妹来当我们的志愿者了！就是上次咱们都说很可爱的那个！”陈凯也很是兴奋。

隔天，有个人添加了我的QQ："你好学长，我是《论语》研习社的林子泉，在本次市高校文学社团交流会中将作为你们社团的志愿者来招待你们。"啥？林子泉不是学弟吗？

"李逍遥，你靠不靠谱啊，怎么那个林子泉加我QQ说是咱们的志愿者啊，说好的学妹呢？"陈凯马上发消息给我，从这几行字里可以看出他很生气。"是啊，太坑了，我问问吴典。"对陈凯感到有些愧疚的我赶紧去问了吴典。吴典说那个学妹被安排给师范大学当志愿者了，理由是师范大学文学社的社长和副社长都是女生，让女生去招待比较好。唉，好吧，我只能面对现实，并告知陈凯也一起面对现实。"好吧、好吧，吴典也太坑了。"陈凯哭笑不得。"没事，学弟也挺好的。"我安慰道。此时那位林子泉学弟……应该在打喷嚏。

到了那天，我和陈凯，还有隔壁学校文学社的社长、副社长、理事长一起，也叫上了小丽，便坐上公交出发了。小丽是一位活泼开朗的女生，跟我们这群她还不认识的男生待在一起也不会尴尬，所以我们在公交上相处得气氛还是不错的。我们都带上了自己社团的社旗。我和陈凯觉得之前那面紧急加工的社旗太过简陋了，便又请广告店做了一面新社旗，还加上了社团的标志。

## （四）

来到《论语》研习社所在的学校，志愿者们便出来迎接我们了。那位林子泉学弟笑得憨憨的，说话文绉绉的，帮我们提行李、指路还挺卖力。“好了好了，行李我们自己提就行，都是男的，力气都大。”走了一段路，我接过行李，说。其实我们也没啥行李，就是睡衣和几样生活用品罢了。

我们到了吴典为我们安排的住所，也就是他们学校的留学生公寓。感觉空间还挺宽敞，整体条件很不错。歇息了一会儿，林子泉便来通知我们去参加交流会了。我们来到大厅，桌椅摆放得整整齐齐，桌上还放着社团加姓名的牌子，还有茶水。我和陈凯找到位置坐了下来。

交流会开始了。会议的第一项议程是全员起立唱国歌，接下来是听他们学校社联老师发言，然后是各社团社长依次上台发言，介绍各自社团的发展情况和平时活动的开展情况。就这样，一个下午过去了。

傍晚，我们一起在他们学校的食堂吃饭。我太想念他们食堂的麻辣香锅了，赶紧又点了一份。

下午的活动主要是发言环节，比较严肃；晚上的活动则更有趣味性，是玩游戏“你画我猜”和“飞花令”。“你画我猜”陈凯说懒得参加，把机会让给我和小丽，我们配合得挺有默契。后来便是“飞花令”了，我和陈凯搭档，一句句诗词从我们口中脱口而出，我表现得尤为积极，就这样我们一路过关斩将，秒杀了各大专科院校的兄弟社团。“哇，逍遥可以啊！”“很棒啊！”听着台下其他社长们的夸赞，我不禁沾沾自喜，当然，我的好搭档陈凯也表现得很好。

接下来是最后一关了，我们对阵师范大学文学社。虽然她们看起来娇娇弱弱，但自带强大气场，因为她们不仅是本科，还是中文系的。从学历和专业上来看，我们似乎已经处于劣势。“君不见黄河之水天上来，奔流到海不复回。”“儿童急走追黄蝶，飞入菜花无处寻。”“黄沙百战穿金甲，不破楼兰终不还。”……一句句诗词从我们各自的口中脱口而出，我不由得加快了速度。台下其他文学社社长都在为我们加油，可能是因为他们和我们都是专科院校的，在学历上，可谓是“同道中人”。

到“云”字了，我们依然紧张地较量着，不分高下。轮到我们了，我和陈凯突然不约而同地卡壳了，我能感受到自己的额头在冒汗，看看他，额头上也满是汗。“既见君子，云胡不喜。”师范大学文学社社长嘴角轻扬，说道。哇，居然能想到《诗经》里的句子，这我属实没想到。“我们输了。”我瘫倒在椅子上，长长地呼出了一口气，为师范大学文学社鼓掌。台下的社长们看着我和陈凯，笑容里也满是赞扬，似乎在说：“你们已经很棒了。”是啊，我们很棒了，输得心服口服。

“飞花令”结束后，便是茶话会了。大家围坐在桌旁喝茶聊天，气氛轻松愉悦。

## （五）

隔天早上，林子泉又来通知我们参加新一轮活动了，其实也就是茶话会。在茶话会上，我还献唱了一段京剧，引来大家阵阵掌声。

下午的安排是参观附近的茶博物院，但我得先回学校，毕竟下午还有兼职要做。这学期我在一家作文培训机构做兼职，每周日下午都去上课。工资虽然还可以，但要做的事情也挺琐碎的：每次上课的课件都要先发给老板审核；每天都要整理一些好词好句发给他，让他发朋友圈；每次上完课回家，改完作文后还要选出一篇写得最好的，打成电子稿发给老板。不过，想着给自己挣点儿零花钱也挺好，就一直坚持做着。从这学期开始，我再也没有跟爸妈要过钱。每周末的兼职，加上平时做的一些临时兼职（比如发传单、做话务员之类的），再加上之前攒的钱，足够支撑我的开销了。

于是，我跟吴典请了假，跟大家道别，准备先回去。“我也跟你一起先回去吧。”陈凯说着，就要跟上来。“陈凯兄不是很想去茶博物院吗？没事，我自己搭车回去就行。”我笑道，“你跟大家去玩吧。”“没事啦，我们是搭档，也是好哥们儿。”陈凯笑着拍拍我的肩膀。嘿，这小子，搞得我还有点儿感动。

回到学校后，我赶紧回宿舍放好行李，便匆匆忙忙地搭公交去机构上课了。回到宿舍已经是晚上7点多了，我瘫在椅子上休息，把这两天的见闻在QQ上跟赵嘉楠分享了一下。赵嘉楠回复道：“真是不错的活动呢，还挺像咱们当时去参加的那个‘幸福人生夏令营’，文化气息很浓厚。”“还真是！”我回忆了一下，确实如此。

隔天，吴典把他们学校发布的本次交流会的新闻公众号发给我们看，还把一些较出名的网站发布的本次活动的消息也发给我们看。我们都感到很荣幸、很开心，争相转发分享。这确实是一次很棒的活动，可见吴典的组织能力确实很强。

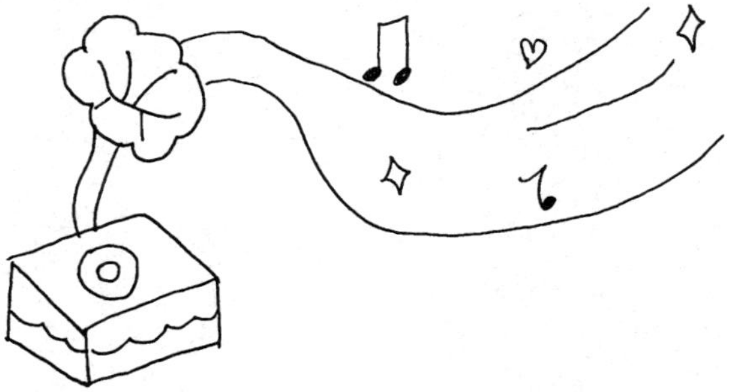

# 第二十章、点滴都是精彩

拥有快乐，储存热爱，
幕幕皆精彩。

# 第二十章　点滴都是精彩

## （一）

市高校文学交流会结束了，我的专业课程学习又步入了正轨。感觉每次组织或者参加社团活动都好像置身于另一个世界，与平时的专业课程学习完全不同，更加放松惬意。

但在大学里，社团活动或部门活动只是调味剂，专业理论知识学习和一些资格证考试才是最重要的。我们宿舍有好几个人都在张罗着考驾照，我想我还是先不考了吧，等毕业后再说。

这天，看到各大公众号都在说教师资格证考试的成绩出来了，我赶紧去查询。“我过了！”“哇，我也过了！”“两科都过了，踩线过！”听着舍友们高兴的欢呼声，我甚是羡慕——我的成绩页面还没刷出来。

“过过过——”我心里一直祈祷，一边祈祷一边生气：这破网页怎么这么卡？我无数次地退出，再重新登录，哇，过了！满分120分，70分合格。没想到综合素质居然才70多分，而我以为可能会挂的教育知识与能力居然有80多分，接近90分，分数还挺不错的，反正合格就行。

“全宿舍都过了，今天一起去搓一顿吧！”林文宇提议。“好啊，好啊！”大家都举双手赞成。

于是，今晚我们就去吃大餐了，美滋滋地吃了顿烤肉，并且开心地碰杯——祝我们这些准教师面试顺利！

## （二）

这天，隔壁学校文学社的社长黎子贤给我发消息：“嘿，今晚要不要去师范大学玩一玩？听说有个诗歌节不错。”“哇，可以啊。”诗歌节，听起来就很有趣。我问了陈凯，陈凯说晚上有兼职要做。这位哥们儿挺拼的，要么发传单，要么送外卖，要么当家教，做过不少兼职，而且做得还挺勤快。我又问了钟小丽，毕竟上次一起去参加市高校文学交流会时，感觉她是一个爱好文学且活泼开朗的朋友，应该可以叫上，她爽快地答应了。黎子贤也叫上了副社长肖渊，我们决定今晚7点出发。

今晚吃完饭，我跟舍友打了个招呼，便到隔壁学校跟他们会合了。我和小丽骑一辆电动车。她穿裙子不方便载人，所以她载我，黎子贤和肖渊骑一辆电动车。出发了，一路上晚风习习，一个字——爽！

到了师范大学，我们在提前联系好的师范大学文学社社长学姐的带领下顺利地进了大门，然后找到了举办诗歌节的大厅。里面人头攒动，甚是热闹。这个诗歌节其实就是师范大学的学生们用各种形式演绎诗歌作品，包括小品、话剧、唱歌、舞蹈等。舞台布景很美，演员们的表演也很精彩。看得差不多了，黎子贤提议："咱们去郊野公园走走吧？那里的夜色很不错。""好啊，我还没去过呢，我只去过旁边的碧湖公园。"小丽赞成。我和肖渊也点头答应，于是我们四个一拍即合，继续骑电动车往郊野公园出发。

我们到了郊野公园，这里很大。整个公园在灯光的点缀下显得更有意境，还有音乐喷泉，七彩灯光从低往高照射，形成了靓丽的光束，十分引人注目。还有一座桥坐落于堤坝之上，在夜幕下形成一条闪闪发光的灯带，与河内粼粼波光相映成趣，流光溢彩，静谧雅致。"此情此景让我忍不住想吟诗一首啊。"我故作一本正经地说。"哈哈，不愧是小李社长。"小丽微笑着鼓掌。黎子贤为此等景色拍了照，发到我们市高校文学社交流会的群里，林子泉学弟马上感叹道："真羡慕你们城里人，生活真是多姿多彩啊！"这说得倒也没错，他们的学校在县里，我们的学校在市区。

我们绕着公园一边散步一边聊天，偶尔还见到有人在钓鱼，感觉真是惬意。逛了一会儿，有点儿累了，我们便返程了，在师范大学附近找了个路边摊，吃起了土豆饼和烧烤，烟火气十足。一看手表，已经9点多了，明天还得上学呢，我们只能“打道回府”了。

骑到半路，我和小丽骑的那辆电动车居然没电了。我让黎子贤和肖渊先回去，本道遥哥哥发挥起作为男子汉的作用，开始推车，小丽也在后面帮忙推车。等到了电动车行，我俩已经满头大汗。

虽然回来的路上有些艰辛，但今晚的行程我还是相当满足且愉悦的。

## （三）

今天，我跟舍友一起登录网站报名了教师资格证面试。本市的现场确认点就在师范大学，只能趁下午没课时跑一趟了。今天是星期三，全校统一没课，留出时间给一些社团或者部门开展活动。

今天下午，我们全宿舍一起到了师范大学现场确认的那栋楼，遇到了陈凯。我跟他打了招呼：“嘿，凯兄也来现场确认啊。”“是啊。不行啊，得到大三才能面试。”陈凯摆摆手，“我跟我舍友刚进去，被驳回了。”“啊？还有这说法？”黄立大呼小叫了起来。不过我们宿舍的人还是进去问了，果然也被驳回了。算了，下学期就大三了，到时再报面试吧，反正只要毕业前教师资格证笔试、面试都过了，就不会影响后续的流程。

回到宿舍，我们打扫了一下，为了应付卫生大检查。其实，我们宿舍比起别的男生宿舍，已经算是挺干净的了。

接下来，依然是紧锣密鼓的专业课学习，偶尔也有社团指导课。我们的郑晨老师会给我们讲灯谜文化、散文写作、诗词鉴赏等相关知识。我偶尔也会去附近的卫校找我的几个高中同年级的朋友一起吃饭，因为我觉得他们食堂的饭菜更好吃。

日子依然琐碎，但也生动有趣。

这学期感觉很快就要结束了，接下来就要培养社团的新任负责人了。我一直都挺看好沈纯和林思思，她俩都有意向。除了她俩，还有图书档案管理专业的林允学妹也挺有意向。所以我开始让她们试着写一些策划书，看看她们的能力如何。

这学期期末还有一个现场征文比赛，我交给三位学妹一起负责组织。林思思学妹一直拍照给我“现场直播”，整体流程还是挺顺利的。据我感觉，三个学妹的能力都不错，但社团只能有一个社长、一个副社长，所以还得慢慢斟酌。

## （四）

期末考如期而至，考完最后一科，终于放假了。我妈帮我交了钱，让我这个暑假跟她的一些同事以及同事的孩子们（他们年龄都跟我差不多）一起去旅游，但她自己要去培训，无法同行。

旅游地点是位于我们省北部的一个城市的景区——武夷山风景区，而我所在的城市在南部，距离挺远的。同行的一个阿姨带了两盒她自己做的盐焗鸡，还有一个叔叔带了一些瓜子等零食，我们在动车上吃了起来。原来在动车上吃东西一点儿都不会晕车，有点儿好笑。这是我第一次坐动车，感觉就像“刘姥姥进大观园”一样新奇。

到了目的地，我们拎着行李到宾馆落脚。据说明天早上的行程安排是去九曲溪坐竹筏，我们得早起排队，毕竟那可是热门景点。

第二天，我们凌晨5点就醒了，天刚蒙蒙亮。我感觉很困，但为了玩，也能忍。我们坐上旅游车来到九曲溪，果然已经有不少人在排队了。经过好一阵子的排队，我们终于坐上了竹筏。船夫伯伯划着桨，我们一行人坐在竹筏上，看着船桨划过溪水溅起的波纹，还有些水珠会喷到我们脸上，冰冰凉凉的，很舒服。我们一边感受着微风拂面，一边欣赏着两岸的美景，甚是惬意。好奇的我还从船夫伯伯手里接过船桨，装模作样地划了几下，体验了一把艄公的感觉。

时间过得真快，惬意的竹筏之旅结束了，我们便去吃午饭了。这里的菜色跟我们那里有很大不同。我们那里主打海鲜，而这里靠山，吃的以山里的野菜居多，换换口味倒也是一次挺特别的体验。

下午，我们一起去了青龙大瀑布。虽然名曰“大瀑布”，但其实并不大，不过看起来也挺不错，水汽扑面而来，十分清爽，而且周围奇石与潭水相映成趣，景色也很美。我们一行十个人，同行的叔叔说这怎么着也能算个小型旅游团了，于是我们在瀑布前合了张影。

当晚，我最期待的活动——看山水实景演出《印象大红袍》终于开始了。《印象大红袍》是以武夷山为地域背景、以武夷山茶文化为表现主题的大型实景演出。表演还未开始，我就已经掏出手机准备好了。剧场表演区域由环绕在观众席周围的各个区域组成，四面舞台相连，观众座席还会旋转，太神奇了！我们置身其中，将武夷山最著名的大王峰和玉女峰尽收眼底，沉浸在精彩的表演中。结尾处的歌曲让演出更显意境。整场演出极富故事性和参与性，不仅展示了茶史和各个制茶工艺，还讲述了大王峰和玉女峰的传说（大王和玉女的爱情故事），以及大红袍的来历和一杯茶所带给人的幸福。总而言之，作为观众的我们仿佛“人在画中游”！看完演出，我依旧回味无穷。

由于我们当天玩得很充实，所以也挺累的。回到宾馆，大家都早早歇息了。

第二天下午，我们爬了一座茶山，听说茶山上有大红袍的茶叶。沿着弯曲的山路，我们爬了好久，终于看到了那棵长着大红袍茶叶的茶树。虽然它已经被围起来保护了，但能看一眼也很值得。

傍晚，我们踏上了返程的道路。回到家，我开心地跟爸爸、妈妈分享着此次出游的经历，爸妈也听得津津有味。喏，我还用镜头记录下了不少精彩瞬间。

每次旅行，无论远近，都有新的收获，也都很精彩。

# 第二十一章. 任重而道远.

无妨，
道阻且长，行则将至.

## （一）

暑假的时间还挺长的，所以除了旅游，我还给自己找了个暑期兼职，去一个补习班教作文。毕竟以后我会成为一名小学老师，这可以权当给自己积累经验，还能赚点儿零花钱，何乐而不为呢？

补习班的老板早早就让我写了个人简介，让我把得过的奖项都写进去，这样更有说服力。然后她把这些内容做成一个公众号链接，用来吸引小学生们报名。于是我把得过的一些国家级奖项以及出版过的书籍之类的都写了进去。老板把链接做好之后，我还发给我爸妈看了一下。我爸笑着夸道：“很不错，要是我有孩子肯定也送去给你补习！”我瞬间哭笑不得：爸爸，你的孩子不就是我吗？

和补习班老板沟通好后，我便准备了一个本子，开始备课了。补习班那边没有多媒体设备，所以还是得用粉笔板书，我的备课笔记也写得挺详细。我的课程安排是每周一、三、五早上教高年级作文，每周二、四、六下午教中年级作文，持续一个月。我还去买了笔记本和作文本，到时候分发给学生们。

第二天，我便开启了暑期补作文之旅。我早早来到了补习班。环境挺好的，教室宽敞明亮，桌椅干净整洁。稍作准备，学生们就陆陆续续地来了。上午的课9点准时开始，11点放学；下午的课3点开始，5点放学。今天都是第一节课，我就从元代学者乔梦符的“作文六字诀”——“凤头猪肚豹尾”引入，讲解了作文的整体结构。学生们都听得挺认真。这节课没有布置作业，大家都很开心。不过这群娃儿下节课就躲不过了。我还出了一个积分制，就是每次作文分数积累起来，到最后一节课看看谁的分数高，选前几名颁发大奖品，其他每个人都有小奖品，以此鼓励大家认真写作。补习班老板是一位善良大方的大姐姐，她每次课间都会为学生们准备一些零食，有时是小馒头，有时是牛奶，有时是仙草蜜，孩子们都很开心。

接下来，我每天备课，从让孩子写段落拓展到写整篇文章。在讲解作文写作方法时，我经常会套用一些生活中我自己遇到的有趣事例，倒也别有一番风趣。孩子们也很喜欢听，让他们觉得写作不是枯燥的，而是一件快乐的事情，这也是我的目标。

## （二）

这天，我和赵嘉楠聊了会儿天，分享了最近都在做什么。我说我在作文补习班做暑期兼职，她说她接下来打算去参军，在准备相关事宜。

参军？那接下来岂不是很难联系上了？我不禁发愣。“你怎么突然有这样的念头？”我问。她回答：“我一直有这样的念头呀，感觉对我来说，这是一笔宝贵的精神财富。”确实，赵嘉楠一直是一个很励志上进的女孩，当兵也很适合她。她在部队里一定会是一朵非常绚烂耀眼的花吧？我的眼前突然浮现出她穿军装的样子，是那么美丽，那么神采飞扬、英姿飒爽。

“话说，你这个作文班好像挺有意思，我能去旁观吗？”她又发来一条消息。“真的吗？”我表示惊讶，总觉得她是在开玩笑。“当然呀，择日不如撞日，我明天就去，如何？”她说。“好啊。”我举双手欢迎。

第二天中午，赵嘉楠来了，在我家吃的饭。我爸妈都很热情地招待她，她也表现得落落大方。吃完饭，我们坐了一会儿，上课时间快到了，我便带她一起去补习班，离我家挺近的。

刚到补习班，赵嘉楠坐到最后面。几个来得早的学生开始窃窃私语，一边看着赵嘉楠一边坏笑。老板走过来冲我笑道：“逍遥啊，这些小朋友都以为这是你女朋友呢！”“啊，这……”我不好意思地挠挠头，“不是啦……”赵嘉楠也感觉挺不好意思的，两朵红云飞上了脸颊。

这天上课，因为赵嘉楠在听，我有点紧张，又觉得必须得好好上，把自己较好的一面展现出来。第一节课讲写作方法，第二节课则是写作文。放学后，等学生都走了，我们俩一起走出来。她笑着夸我：“上得很不错嘛，李老师！该严格的时候也都挺严格的。”“哈哈，多谢夸奖！”我作了个揖道。

5点多了，我送赵嘉楠到车站搭车回家。“接下来我就要去部队了，也不知道什么时候能再见面，你记得好好照顾自己啊。”在车站，赵嘉楠突然有些煽情地说道。“好，你也是啊，好好照顾自己。”我刚说完，车来了。我目送着赵嘉楠坐上了车，看着她慢慢离开我的视线……咋回事，这咋还有点儿伤感呢?

但也确实如此，她去了部队，通信不方便，要两年后才回来。只愿她在那里，能够早点儿适应，平平安安，快快乐乐。

## （三）

暑假末尾，一位老乡说建了个新生QQ群，邀请我代表我们教育系去当管理员，我答应了。进群之后，我热情地回答着学弟学妹们的各种问题。群里有个名叫夏夏的学妹经常聊到汉服的话题，这激发了我的好奇心。我也喜欢古风，虽然对汉服了解不多，但颇感兴趣。毕竟，汉服承载的不仅是一种生活美学，更是无数中国人生活方式的延续。或许有些人会对穿汉服上街的人投以异样的目光，但我觉得这很自然、很美，是传承和弘扬中华传统文化的一种方式。

还有一个叫乐轩的学弟和一个叫方玫的学妹也都挺喜欢古风。乐轩学弟尤其喜欢戏曲，这和我很相似。他还问我戏腔的发音方法。我不敢说自己对戏曲、戏腔有研究，只能尽我所能说了一些自己的唱法。有这几个在爱好上志同道合的学弟学妹，我也经常就这些话题在群里做出回应。有几个学弟学妹加了我的QQ，其中包括他们仨，但他们主要还是问我一些专业课程的问题。我很期待开学后和他们的见面，感觉他们几个肯定气质不一般。我甚至想把他们吸纳进我们文学社，这一定能为我们社团注入新鲜的血液。于是，我在新生群里也开始宣传我们文学社。

开学的日子很快就到了。这学期我就大三了，即将毕业，自然也面临一些毕业事项的准备，比如各种档案、各种毕业材料等。一些专业课程的要求也变多了，而且这学期我们还得考教师资格证的面试。下学期则要考一场最重要的关于就业的考试——全省统考的教师招聘考试。我已经报了一个教师招聘考试培训班，但还没接到上课通知。

开学日程安排得如火如荼，社团纳新也开始了。新定下的文学社负责人是沈纯和林思思，助理是林允。沈纯是主手，林思思是副手，林允也帮忙。我和陈凯虽然还顶着社长、副社长的头衔，但重心还是放在毕业事项和学业上，毕竟大三了，学业紧张了不少。不过我们还没“退休”，所以主要负责策划，实施则由这三位学妹一起组织社员完成。

社团纳新摊位统一设在教学楼一楼长廊。我、陈凯、韩萱这三个大三的“长老”，还有沈纯、林思思、林允等六七个学弟学妹一起帮忙在这里招呼着。韩萱虽然不是社团干部，但她是院学生会学习部副部长，对一些事情很有见解，热心社团事务，性格开朗，和我和陈凯的关系也都不错，所以就一起过来纳新了。文学社报名的人没有街舞社、吉他社那种才艺类社团多，但也还算热闹。

此时，我突然看到一个高高瘦瘦、气质出众的女生翩然而至，她竟然穿着汉服。这可是我第一次在学校里看到有人穿汉服出来（表演除外）。只见这位姑娘穿着一套淡绿色的宋制汉服，头上挽了个发髻，斜插了一根小小的碧玉簪子，青丝如瀑垂下来，显得十分清新淡雅。她瓜子脸上长着樱桃小嘴、丹凤眼、柳叶眉，更显清丽可人，好似穿越过来的古代女子。她在我们摊位前驻足停留，我突然想到，这莫不是那位十分了解汉服的学妹夏夏？“夏夏学妹？”我问。“你是……逍遥学长？”她顿时欣喜。“是我，是我，久仰久仰，欢迎加入我们文学社。”我故作一本正经地说。“哇，汉服小姐姐！”韩萱两眼放光，“来来来，加个QQ！”她马上掏出手机和夏夏学妹套起了近乎。陈凯冲她笑道：“原来你们女生也喜欢美女啊，瞧你这样子比我和逍遥还激动！”“那可不，爱美之心人皆有之嘛，何况我也喜欢汉服！”韩萱爽朗地笑着说。

夏夏填了表格，意思是想加入我们文学社。“等通知啊！”林思思说。她和夏夏提前在新生群里认识了，她们还是同一个县的人，沈纯也和夏夏认识。“好呀，谢谢学长学姐们！”夏夏冲我们摆摆手，咧开嘴笑，显得灵动又可爱。

接着，我还见到了方玫学妹和乐轩学弟，他们也都加入了我们文学社。看来我之前在新生QQ群里的宣传是有效果的。方玫学妹是一个非常可爱的女生，很瘦，脸有点儿圆，头发梳成丸子头。乐轩学弟又高又瘦，鼻梁上架着一副眼镜，也带了点儿古典气质。

## （四）

文学社新生见面会如期而至，我很高兴我们文学社又注入了新鲜血液。这次新生见面会由沈纯和林思思一起主持，我和陈凯也发了言，不过，总体来说我们还是属于旁观者的状态。今天的夏夏学妹依然穿着一袭汉服，引得众人纷纷注目。我很欣赏夏夏学妹的古典气质，也很佩服她的勇气，毕竟能把汉服大大方方穿出来的人实在屈指可数。像我虽然喜欢，但却不敢穿出来，只是买了几件在家穿穿。看着大一新生的学弟学妹们神采飞扬的样子，我不禁想到了我们大一时青涩懵懂、踌躇满志的样子，现在倒有点儿颓靡了。想到这里，我赶紧晃了晃脑袋，调整好心态——大三学长可不老！

新生见面会后，很快重头戏来了——学院评估，每个社团都要有展示。这天，一大早我就接到了社联老师的电话："逍遥啊，这几天你和陈凯记得去弄一下文学作品展，选一些文学社社员的优秀作品展示出来，需要铁架和网，还要准备海报。"

于是，我召集了沈纯、林思思、林允一起审稿。审完稿后，我们筛选出一些优秀文章。之后，陈凯和电子系一位名叫林明的兄弟（社联副理事长，也是电脑大神）开始了海报制作。海报制作完成后，陈凯把电子文档发给我。我和林思思在没课的时候一起去文印店把海报打印出来。陈凯去搬了铁架，我们又叫上沈纯一起把海报挂好。海报架整整齐齐地摆放在教学楼一楼长廊，看着眼前的成果，我们总算松了一口气。

明天就要展览了，没想到还有个小插曲：林明居然把我们文学社一位大咖的名字打成了别人的名字。这事搁谁身上都不乐意。陈凯刚住在那位大咖的隔壁宿舍，我俩一起去好说歹说，总算把人哄好了。然后我赶紧用贴纸的方式更改了名字，不仔细看的话……其实也看不出来。至于林明那边，我们也不好意思去责怪他，毕竟人家只是义务帮忙，不能怪他把名字打错了，而应该感谢他帮忙。

本次评估我们社团还是挺顺利的，于是我们又开心地去撸串小聚了一番。由此可见，作为社团主要干部，责任重大，做事需谨慎。

## （五）

社团事务目前告一段落了，一些策划书我交给沈纯来写，林思思辅助她。我的课业要继续加紧了，毕业论文也得认真起来了。我上学期才刚写完自考本科的毕业论文，费了很大劲儿。虽然说在大家眼里我文学功底不错，但论文这种东西我真写不来。或许，我是个浪漫型的人吧？花了好几天时间，我终于完成了论文。全班选了五个优秀者参加答辩，我是其中一个，幸好顺利过关了，还得了94分。

最近生活过于忙碌，我无暇与赵嘉楠联系，但她倒是主动发了几张入伍仪式的照片给我。她的爸妈也一起去她学校送她入伍，亲眼看着她戴上大红花。照片里，她身着军装，英姿飒爽，笑容里满是阳光，又美又帅。她说，她和战友们一起坐了三天两夜的火车才到达军队，这对于女孩子来说，可真是辛苦。我发消息安慰了她，并与她分享了最近忙着处理的一些事情。从她的言语间，我发现她对我也越来越有分享欲了。

接下来，我要着手准备教师资格证的面试了，还有不少涉及毕业的事情，任重而道远。加油啊，逍遥！

# 第二十七章 岁月流淌，不疾不徐

温润的岁月烟火凝香，
暖阳碎了一地的光。

# 第二十二章　岁月流淌，不疾不徐

## （一）

我报的教师招聘考试培训课开始了，教师招聘考试便是我们作为准教师的就业考试。机构给我发了短信，通知上课时间。天呐，居然安排在国庆节期间连上基础班的6天课！今年的国庆节因为和中秋节连在一起，所以一共有8天假期。由于要上这个培训课，我的假期严重缩水了。

“嘿，逍遥，我和韩萱还有老王国庆节要去找丹丹学姐玩，你要不要一起去？”陈凯发消息过来问道。吴丹丹学姐的家离我们学校坐车大概一个多小时车程。听说她家附近最近开发了一个新景点，有点儿西班牙风格，蛮不错的。陈凯所说的老王是棋社副社长，和他同一个宿舍。“不了，凯兄，我这个国庆节得上教招培训课啊。”我无奈地回答道，并加上了一个流泪的表情。“不会吧，这么早就培训了，教招不是要等到明年4月吗？”陈凯疑惑道。“是啊，我报的这个班是最低端的班，课时比较少，所以战线拉得长一些。这次不上就只能等提高班阶段了，我怕跟不上。”我回答。“好吧、好吧，那你就只能看着我们到时候去玩的照片眼馋了。”陈凯说。“行吧，祝你们玩得开心。”我回复完，挂断电话，瘫到床上，唉，可怜的本逍遥公子啊！

我们宿舍只有我报了这个机构这次的教招培训。另外两个舍友的培训课是在一个月后。还好我们班还有另外一个同学这次也和我一起上课，我可以跟他结个伴，这样就不至于太孤单了。

培训的地点就在市区的古城附近，环境不错，周围也有不少小吃。如果打着培训的幌子去大吃大喝，好像也蛮不错。不过这几天培训，我感觉有点听不进去，可能是想着大家都放假了，自己还得上课，心理有点不平衡，也可能是因为觉得教招考试还有好长时间，所以毫无紧张感。不过该做的笔记我还是做了。有些因为上课偶尔打瞌睡漏掉的笔记，我可以找同学抄一抄，他听得挺认真的。

想了想，从小到大，我在学习上好像总有一个坏毛病，就是喜欢只顾做笔记，很少认真听讲，也只能努力调整了。

## （二）

在教招培训的这6天晚上，我要么宅在宿舍看电视，要么看会儿书（当然不可能是教招的书），要么就做做专业课程的作业，居然把作业都做完了。

第六天晚上，我终于回到了温暖的家中。接下来，我要好好享受仅剩的2天假期了。我强烈呼吁这两天母亲一定要给我做好吃的，父亲一定要给我买好吃的。

教招培训这6天，好像没听进去啥，但又好像听进去了啥。不管了，反正笔记都做了，回头再复习吧，不急。

接下来，又是忙碌的专业课程。社团事务大部分也都是沈纯和林思思在主持，林允做一些辅助工作。不过有一次社团读书会，沈纯和林思思有课，所以还是我主持，新来的学弟学妹们也都挺配合的。

这天，隔壁学校文学社邀请我们去参加联谊。这天晚上，沈纯身体不舒服，林思思和林允都得上专业课，陈凯也没空，便由我一个人组织学弟学妹们一起去。夏夏学妹就走在我旁边。今天她穿了另一套米黄色的宋制汉服，头发轻轻挽起，跟第一次见面时的装扮风格略有不同，但依旧娇俏可人，恍若从古代穿越而来。她跟汉服的适配度属实很高。

到了隔壁学校操场，跟我对接的是他们文学社新任负责人之一陈迅学弟，他主要负责对外交流。很巧的是，陈迅学弟是我老乡，并且据说他家离我家不远。

今天的联谊活动玩了不少游戏，印象最深刻的一个游戏是我同届的社长黎子贤抱起副社长肖渊，还得装得很亲昵的样子。两个大男生很是害羞，引来了一阵哄堂大笑。另一个印象深刻的则是隔壁学校文学社最帅的学弟和我们社团的汉服女神夏夏学妹进行的一个互动。虽然是很正常的互动，但也引来了大家的起哄。听说游戏结束后，我们社团就有不少学妹跟那个“社草”学弟要微信了。

游戏玩着玩着，我感到有些口渴，刚打开一瓶矿泉水，就听到有一些窃窃私语：“怎么没准备零食啊？”这时，旁边有人碰了碰我。我转头一看，原来是陈迅学弟走了过来。他脸涨得通红，看起来很紧张甚至有些焦虑：“学长，真的不好意思，我……我忘记准备零食了。”“没事啦，学弟。”我拍拍他的肩膀，“第一次组织活动，有些细节忘了也正常。其实我们社团的学弟学妹们都很通情达理，不会介意的。”陈迅学弟点点头。看着他，我突然想起有一次我邀请市诗词学会副会长老师来我们文学社上指导课的时候也忘了准备水，多亏陈凯及时发现，赶紧跑去买。在组织社团活动时，好搭档陈凯确实帮了我很大的忙。我很马虎，幸而他很细心。

联谊活动结束后，大家都很开心。我带着学弟学妹们走在回学校的路上，看着他们叽叽喳喳地聊着天，气氛活跃。唔，年轻真好啊！

## （三）

这天，班级的组织委员在班群里说，本周六有一个去少年宫给孩子们讲国学知识的活动可以报名，可以加志愿者时长，但只有一个名额。我收拾了一会儿东西，便赶紧报名。结果组织委员说："不好意思啊，副班长，团支书已经报名了。""哇，下手这么快啊？"我感到很震惊。"是啊，我前脚刚发通知，她后脚就来找我报名了。"组织委员回答。"好吧，好吧。"我感到有些遗憾，因为我对去少年宫讲国学知识挺感兴趣的，加不加志愿者时长倒是无所谓，无奈这次没机会了，那就下次再看看吧。

结果到了傍晚，组织委员突然又给我发消息："副班长，团支书说她周六又没空了，要不，你去？""好啊。"看来又有机会了，我兴奋地答应下来。

然后，我就被拉到一个群里，这是（5）班组织委员建的群，这次活动由她来带队。她也是院学生会的副主席，美丽大方，能力也很强。

这时，小学教育（3）班的沈以诚突然给我发QQ消息："你好，你这次也要去少年宫给小学生们讲国学知识啊？""是啊。"我回答。"那太好了，我也要一起去。到时其他人可能要打车，咱们一起骑电动车怎么样？我有点儿晕车。"他说。"好啊，刚好我也有点儿晕车。"我爽快地答应了。老实说，这是我第一次在别人面前坦白我有些晕车，毕竟一个男子汉竟然晕车，说出去真怕别人笑掉大牙。

"好的，那就说定了。周六上午咱们9点得到少年宫那里，那咱俩就8点多在楼下电动车行门口集合吧。"沈以诚说。"没问题。"我俩一拍即合。

到了周六上午，我8点左右就赶紧跑到宿舍楼下。沈以诚已经租好了电动车，他说他载我。"哈哈，也想着咱们是老乡，所以一起去。"沈以诚爽朗地笑着说，"而且你大姑跟我妈妈还是很好的朋友，我家离你大姑家挺近的。""哇，这么巧！"我现在才知道，沈以诚的家跟我家在同一个县。在大学里遇到老乡的感觉太好了，而且还有这层关系，我也感到很惊喜。

我们一边骑电动车一边聊天，耳畔的风呼呼地刮着，感觉很舒服。在谈天说地间，我才知道沈以诚和我一样喜欢看书，也喜欢唱歌。对于今天收获了这个老乡加朋友，我感到十分兴奋，甚至还希望去少年宫的路程能长一点儿，这样我俩可以多聊会儿。

到了少年宫门口，我们等了一小会儿，我们系其他参加这个活动的同学也都到了。我们每人分到一间教室。沈以诚说他今天要讲的是《三字经》，我要讲的是《弟子规》。走进教室，孩子们都坐得很端正，我们讲了两个小时，中途休息了两次。在我们讲课的时候，孩子们都听得很认真。

放学时间是中午11点，差不多是饭点儿了。沈以诚从他讲课的教室走到我讲课的教室门口冲我招手：“走吧，一起吃午饭吧！”“好了！”我应道。他说市一中门口有一家饭店不错，里面的招牌白斩鸡饭尤其好吃。于是我们骑电动车到了那里，各自点了一份招牌白斩鸡饭，味道果然很不错。

我们边吃饭边聊天，相谈甚欢。吃完饭看了下时间，才12点，这时候也还不困。沈以诚提议我们可以去科技馆瞧瞧，他说一直想去，苦于找不到合适的机会。我对科技馆也很感兴趣，便爽快答应了。

我们市区的科技馆是免费的。我们走进去，眼前琳琅满目的设备吸引了我：有的是躲进去就能让头变得很大（从外面看）的玻璃柜，有的是手一拉就能高高飞起的横杠，还有模拟台风的设备……都很新奇有趣。

玩了一会儿，我们便回去午睡了。由于投缘，我们决定下次再约，想着等假期回家的时候也可以在本县相约。

## （四）

紧接着，又是紧张的专业课程了。下学期就要顶岗实习了，我们还得做一些实习准备，得自己找实习的学校。当然，如果有需要的话，学校也可以帮忙找。这方面我倒是不怕，我可以去我妈妈工作的小学实习。不过，她希望我去镇里的中心小学实习，这样我会更独立，不会一有事就找她。

陈凯说，他可能会先实习一段时间，但主要还是备考专升本，以获得全日制本科学历。而且，他本科不打算读小学教育专业，而是打算读新闻学专业。我没有远大志向，我觉得拿个自考学历就挺好，我的目标就是当一名小学老师。

最近，我跟赵嘉楠偶有联系。她说军队里的训练很辛苦，有时还要站岗，确实很累。但坚强乐观的她从未有过退缩的想法。

考完期末考，就要准备实习了。在实习前，我们系安排了拍毕业照。陈凯擅长摄影，我还请他帮我们宿舍拍了一组合影。过后，我们请他吃了顿鸡公煲以表感谢（虽然他一直推辞，但还是拗不过我们）。这让我有天梦到我请陈凯吃火锅，吃完才发现自己忘带手机和钱包，结果他也忘了，于是我们俩被老板扣在店里，啧，真可怕。

拍毕业照的时候，当我们把帽子高高地抛起来，我知道，我们即将走出象牙塔，步入社会了。

今晚，我们宿舍出去聚餐。大家一边喝酒一边聊天，我也小酌了一杯。唉，真是百感交集啊！

大伙儿先再见了，接下来就等6月返校了。

## （五）

收拾好行李，我回家了。我的实习生涯，就这样拉开了帷幕。

“逍遥，干吗去？”今天是我实习的第一天，我在路上骑着自行车，耳边传来遇到的叔叔、阿姨们亲切的呼唤。“实习去！”我笑着回应，车骑得飞快，就像哪吒脚踩风火轮一样！

就在昨晚，我的父母还在为我实习的事情争论不休。“按理说就不应该去实习。我一个朋友的女儿就说先不实习，等明年4月考完教招再去实习。你这整的什么事儿？好好备考才是正事！”我爸冲着我妈嚷嚷道。“得啦！你觉得那小子现在能读进去书吗？我还不了解他？现在距离教招还有4个月，对他来说，就像还有一年那么长！怎么可能读得进去？在家不去实习，他肯定天天玩手机！别提读书了！”我妈反驳道。虽然这话让我有点儿不高兴——怎么还看不起我呢？不过这次我支持我妈，因为这时候我真读不下去书。

来到中心小学，我见到了校长。校长挺随和的，跟我爸妈都认识。他安排我一周轮换一个班级，从六年级轮到一年级。他说主要就是听各班老师上课，他们有什么需要再帮帮忙。我们学校发的实习手册有不少要求，比如要写25篇实习日记，还要写20篇教案和10篇听课记录，以及实习总结等，有的还需要老师和校长签字。“放心，放心，这些都是小事情。有啥需要，你尽管说。给你安排每个年级都去，这样让你能有多种体验！”校长笑着拍拍我的肩膀。看到校长这么随和亲切，我就放心了。

我来到六年级（1）班。这个班纪律挺好的，孩子们都很乖，上课都坐得很端正，也很认真听讲。不知道是不是高年级都这样？班里的老师也挺随和。数学老师是男的，年纪稍大一些，40岁左右；语文老师是刚毕业不久的女老师，笑起来眉眼弯弯的。她让我不用叫她老师，叫她姐姐就行。“好！姐姐好！”我笑着故作正经地做了个揖，她也爽朗地笑起来。然后她给我介绍了一些班级的情况。她说她刚毕业就被安排到这个班当班主任，那时候这个班是四年级。因为是她毕业后教的第一个班，所以她对这个班很有感情。现在孩子们快毕业了，她挺舍不得的。

英语老师都是轮班教学的。学校里一共有三个英语老师，每个人负责几个班的教学。然后有些主科老师还得兼教思想品德、社会等科目。乡镇和农村的小学大多如此，毕竟师资不是很充足。

看着老师们神采飞扬地站在三尺讲台上，挥动着教鞭，认真地讲课，我甚感羡慕：希望我很快也能成为这样的人。

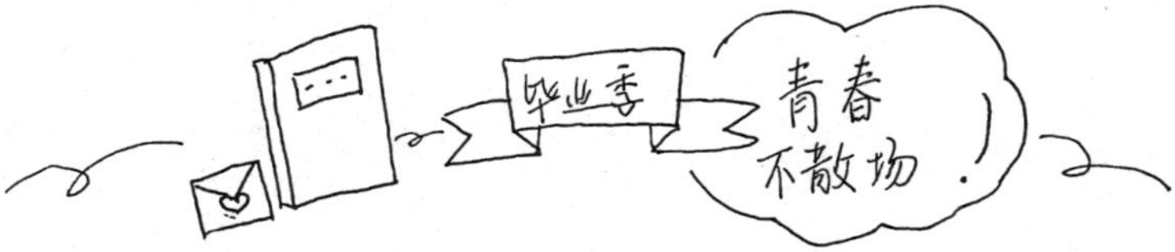


# 第二十三章 毕业骊歌渐响

最火热的季节，
却承载着最盛大的离别.

## （一）

下周末就要进行教师资格证面试了，我向小学校长请了一周的假，想在家稍微准备一下。我打算在网上看一些优秀的模拟教学视频，自己也模拟一下，让我的老妈（她是一名经验丰富的小学教师）帮我看看。我还会再看看去面试现场身份确认时领的手册，里面有一些结构化问答的案例。除此之外，好像也没啥可准备的了。

教师资格证面试的时间到了，我被安排在周六下午3点。我穿好了白衬衫和黑裤子（我妈说一定别穿运动服），12点吃完饭就准备搭车了。搭车前，我妈千叮咛万嘱咐："别太紧张啊！记得回答问题要流畅一些！别给你妈丢脸，我可不想我儿子连教师资格证都过不了，你妈可是经验丰富的老师！""行行行，我尽力，不会给你丢脸的！"我连连点头，三步并作两步地跑去车站搭车。

我一路都在睡觉，经过一次转车后，终于到了市区的考点。紧张感开始袭来。我遇到了舍友黄立和卢靖元，他俩和我被安排的时间点一样。

我数不清跑了多少个教室，反正一会儿在这间教室等候，一会儿又去那间教室抽题，一会儿又在另一间教室等候，一会儿又去另一间教室写教案。我抽到的课是二年级诗歌《彩色的梦》。我一看是二年级的课，顿时放心了，毕竟低年级的内容相对简单一些。

写教案的时间是20分钟。我想着反正考官也不看教案，教案无非是用来理清思路的，所以我的字写得潦草得大概只有我自己看得懂。过了一会儿，就有老师过来叫我去面试了。我手心有点儿出汗，估计是太紧张了吧。

到了面试教室，我做了简单的自我介绍，给考官鞠了一躬。考官便开始问我结构化题目了。还好没抽到政治理论类的题目，抽到的都是应急类的，蛮简单的。不然我可能就完蛋了。不过也有人说，如果真的抽到了政治理论类题目，不会的话，可以跟考官说："不好意思，我回去后会加强这方面的学习。"展现你的谦逊和礼貌态度。

我模拟试讲的整个过程还行。讲着讲着，我突然就不紧张了，仿佛自己真的是一位小学老师，台下坐着的都是专注听讲的学生们。模拟试讲结束后，便是答辩环节。考官问我：

“你觉得如何能更好地进行诗歌教学？”我开始侃侃而谈，自认为回答得还算中规中矩。

面试结束后，我擦完黑板，向考官们鞠了一躬，然后脚底生风地跑出考场，又遇到了舍友黄立和卢靖元。“怎么样啊，逍遥？”黄立装腔作势地说，还搂着我的脖子。“别肉麻了，兄弟！”我赶紧推开他的手，感觉鸡皮疙瘩掉了一地。“我觉得还好吧，应该能过。”我回答道，又问：“你俩咋样？”卢靖元耸耸肩：“就那样呗，听天由命！”黄立嬉皮笑脸地说：“那肯定过啊，我是谁啊！”

考虑到太晚了还要赶车回去，我们便没有一起吃饭，各自回家吃了。接下来就是等待成绩了。听说要等过完年才会出成绩，可能是想让我们过个好年吧。

## （二）

我的实习日子不紧不慢地进行着，总体来说还挺不错的。因为大部分时候我只是给班里的老师帮忙，还不需要像班级老师那样承担什么责任，心理上还挺轻松的。而且我去的大部分班级的学生们都挺乖的。老师们也都对我很好，我有不懂的地方问他们，他们都回答得很有耐心。

实习之余，我偶尔会在家翻翻教招考试的书。期间我也去过市区参加培训，但感觉自己还是没能专注地学习，可能是想着自己的教师资格证面试成绩还没出来，而且也还没毕业吧。

周末我偶尔会去县城，和沈以诚约过几次，一起吃饭，一起去公园散步聊天，每次都很放松、很愉快。他说他很喜欢乡土气息浓厚的小说，我也喜欢。于是我们还各自在书的扉页上写下了对对方的祝福。沈以诚说，感觉我俩是绝佳的聊天拍档。我也说，能结交到一个志趣相投的朋友，真的是很难得、很珍贵。

沈以诚在家也会读教招的书，但他没报培训班，所以我有时会发一些培训班的资料给他。他表示非常感谢。“希望我们一起通过！”我发消息过去，还加了一个握拳的表情。“一起加油吧！”他回应道。

## （三）

寒假到了，春节也即将来临。我突然想起已经很久没和赵嘉楠联系了，便给她发了消息：“嘿，最近好吗？”直到隔天上午，她才回复道：“刚发手机，刚才去点名了。还行吧，就是训练挺辛苦的。”我赶紧说：“那要注意休息，照顾好自己。过年可以回来吗？”她回答：“当然不能了，这两年都不能回家。你最近怎么样？”我说：“还行，我在实习，现在放寒假了。”我们又聊了几句，她的手机又要上交了，说现在基本是每周发一次手机，一般是周日上午发一个小时。看来联系确实不太方便。我问了她的地址，想寄些吃的给她，她同意了。“真是太谢谢了！”她说。“没关系，小事一桩。”我在手机屏幕这头微笑了起来。于是，我精心挑选了一些特产，买了些可以现吃的东西，去快递点给她寄了过去。

春节到了，家家户户张灯结彩，贴对联，煮火锅……好不热闹！我在朋友圈发了一条消息：“如果大家没收到我的祝福，别怀疑咱的关系，我只是有点懒。”以此证明我还记得大家。不过，我给赵嘉楠单独发了祝福：“新年快乐，平安喜乐。”她这次回复得挺快：“同乐，你也是！新的一年要快快乐乐的。”她说今天除夕和明天正月初一，他们全天都可以用手机，国庆节和端午节等传统节日也一般是这样。

除夕晚上8点，我和爸妈准时坐在电视机前观看春晚。赵嘉楠也发来消息说，他们军队正在组织大家在一个大厅里统一看春晚，一边看春晚还一边吃零食，氛围其乐融融。看到她那么开心，我也感到很欣慰。

## （四）

过完年，又过了几天，教师资格证面试成绩出来了，果不其然，我通过了。宿舍群里大家也纷纷报喜，很好，全宿舍都过了。沈以诚发消息来，说他也过了。我们互相祝贺了一番，约定等我周末去县城一起吃个饭庆祝一下。

我终于可以比较专注地读教招考试的书了。毕竟之前还不知道教师资格证面试能不能过，感觉自己万一连考教招的资格都没有，那可咋整？毕竟考教招的条件之一就是教师资格证笔试、面试都要通过。这下好了，我具备考教招的资格了！

新学期开始，我又继续投入“实习大业”中。我也开始上课了，上完课，班级老师会帮我评课，我收获了很多经验。平日里，我也会写写实习材料，毕竟有厚厚的一叠！

教招考试前，我跟小学校长请了两周假，打算在家专注复习。4月中旬，教招考试如期而至。我妈陪我一起去，我们提前一晚去市区大舅家住。隔天我自己搭公交去考试，我妈则去隔壁县找她师范的同学唠唠嗑。考试时我有些紧张，想着千军万马过独木桥，自己可能是那么幸运的人吗？但又感觉自己对于教招考试没啥概念，有些题目做着做着有些迷茫，有些答案我不确定又改掉了。当晚和我妈一起回家后，我也不敢对答案，睡得出乎意料地早，实在太疲惫了。

周一继续实习，我看到朋友林祺也去了。他跟我是一个大学的，还有好几个同届的本地同学也去了。林祺说他家人建议考完试再来实习。“好吧，我倒是没那么拼，主要是当时也读不进去，所以我很早就来实习了。”我说。

几天后，林思思学妹发来消息：“学长，新一期的社团文艺汇演要开始了，来看吗？周三晚上。”“哇，这么快，那不就是后天了？但我在实习，请假不方便，到时记得拍视频发给我看。”我说。“好的！”林思思学妹俏皮地回应道。现在的文学社社长是沈纯，副社长是林思思，林允是助理。

周三晚上10点多，林思思发了视频给我。节目十分精彩，开头是夏夏、方玫等学妹跳舞。她们都穿上了精致的汉服，舞步轻盈，舞姿优美。“舞蹈主要是夏夏学妹在教。”林思思说。看来这位汉服女神学妹在舞蹈方面也很擅长，真不错。

中间穿插了乐轩等几个学弟一起唱歌，还有朗诵。果然，我们文学社这几年的节目都是唱歌 + 朗诵 + 跳舞，挺有意思的。

林思思说，她和沈纯有意向培养夏夏和另一个名叫郑文的学妹当文学社负责人，夏夏为主，也就是未来的社长；郑文为辅助，也就是未来的副社长。我跟夏夏相对熟悉些，感觉她能力很不错。我也跟郑文学妹有过接触，她是学前教育专业的，感觉是个挺实在的人。所以我觉得沈纯和林思思这样的安排还挺合理的。

## （五）

一个月后，教招考试成绩出来了，我没有通过，但成绩还算可以，只差了五名。我爸愤愤不平地说：“主要是今年招得太少了！不然你这名次搁往年肯定都能上！”确实，往年都招四五十个，去年招了60个，估计今年招得差不多饱和了，结果今年只招12个，我考了第17名。沈以诚说他考了第91名，还夸我挺厉害的，考进了全县前20名。林祺说他考了第97名。同在一个小学实习的其他同学也说都没考上，大部分都考了六七十名，有的甚至排到了100名以外。看来我是考得最好的一个。

可能因为我考的成绩还可以，我爸妈没有批评我，但我自己感到挺遗憾的，特别是在知道了第12名只比我多1分。当时如果我没把那道题改掉（听说那道题我原本是做对的），我就通过了。唉，但也没办法，时光无法倒流，后悔也没用，只能明年再加油。

事实证明，这个教招培训班挺适合我的。只要我再努把力，明年应该就没问题了吧？所以我又找机构老师报了这个培训班。

不过，接下来这一年，工作怎么办呢？我妈妈所在的小学不招代课老师，我现在实习的中心小学也不招，本地的一些小学我问了，有的不招，有的只招完整一年的。而我和林祺只想代课半年，考教招的那学期想要专注备考，就不去上班了。后来林祺说他家人建议在家全职备考，不去上班，但我还是想上班。我觉得全职备考压力太大了，而且我也想有些收入。

过了几天，我妈帮我问到一个工作机会。去她认识的一个阿姨开的培训机构给小学生辅导作业，周一到周五晚上6点半到9点上班，每周一、三、五晚上上半小时作文讲解课（不用布置学生写作文），中午跟其他老师轮流看着孩子们午休。每周六上午和周日下午各上两小时完整的作文课（需要布置学生写作文并批改）。如果周末得上教招培训，可以请假，老板会安排机动人员顶替。虽然工资不算高，但工作相对轻松，复习教招的时间还算充裕，就看我专不专心了。

## （六）

一周后，我和林祺一起返校进行教师资格证的体检和认定。手续虽然有些繁琐，但过程还算顺利，接下来就等着教师资格证寄到我们手中了。

6月，我们和小学生们一起庆祝六一儿童节，参加游园活动。我们也有六一大礼包可以拿，里面是一些零食，感觉就像回到了童年，真好！隔天，我们的实习便正式结束了，接下来就是返校办理毕业手续、参加毕业典礼、领取毕业证书。

返校后，事情虽然不多，但确实有些琐碎。返校第一天是毕业典礼，我们顶着烈日，聆听领导、教师代表和学生代表的发言。第二天，自律会的人来检查宿舍，看看是否有物品损坏，如果有，需要照价赔偿。第三天和第四天，我们忙着填报一些毕业相关的信息。到了第五天，领到毕业证书后，大家就可以收拾行李回家了。

这几天，我几乎天天都在吃。第一天晚上，和舍友们小聚，点了酸菜鱼；第二天晚上，和几个熟悉的学弟一起去吃烤鱼；第三天晚上，两个学妹请我和陈凯，还有其他几个同届的男生一起吃饭，点了柠檬鱼。这几天吃了这么多鱼，感觉自己都快变成“鱼人”了，身上都要长出鱼鳞了。

这些天，社团的学弟学妹们也纷纷给我送来了礼物。让我意外的是，有个平时喜欢跟我顶嘴的学弟送了我两本书，包装精美，里面还附了一封信。信里的言语虽然朴实，但却真挚动人，让我感到特别温暖。还有个性格比较内敛、写作很厉害、唱歌也很好听的学弟，送了我一本哲学类的书。书的内容比较深奥，很符合他的行事风格和文笔。

大家陆陆续续地回家了。我的车次比较晚，所以我成了全宿舍最后一个离开的人。时间到了，我关上门，锁好，拍了张照片发到宿舍群："走了，各位，再见！"

接下来，真的不知道什么时候还能再见面了。

接下来，我们就要真正离开象牙塔，踏入社会了……

毕业的骊歌悄然响起，又到了凤凰花开的季节。这是最炎热的季节，却承载着最盛大的离别。

再见了，我的大学！愿未来的日子，我们都能带着这份温暖与勇气，继续前行。

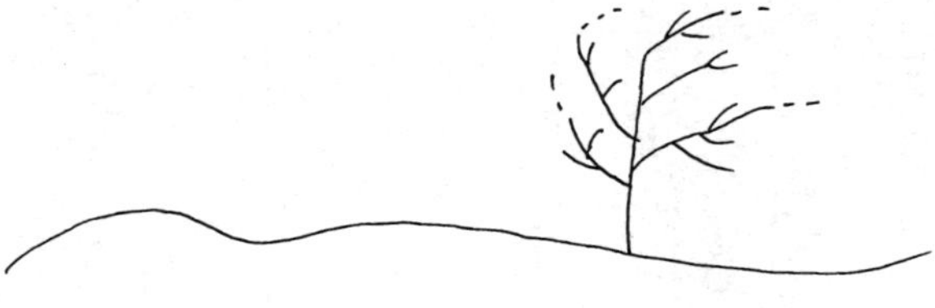

# 第二十四章、初离校园时代

离开象牙塔，去往未知……

# 第二十四章　初离校园时代

## （一）

盼星星，盼月亮，终于盼来了我的教师资格证。历经笔试、面试、体检、认定等一系列流程，这本证书终于被我拿到手了。说起来，还挺羡慕往届教育系的学长学姐们，他们一毕业就直接领到了教师资格证。不过老实说，我们自己考来的这本教师资格证，拿在手里更有成就感。

教招成绩出来时，我发现没考上，马上报了新一期的教招培训，还是之前报的那家机构。这个暑假就要开始培训了，时间是从7月中旬到7月末，在市区连上14天的基础班。我和沈以诚、林祺一起报的名。他俩也是我们大学系学习部的成员，所以彼此都很熟悉。到时我可以住在市区我大舅家，他俩则一起住在培训班附近的宾馆。

这次课程连上14天，上到后面，我感觉有点儿昏昏沉沉的，听不下去了。大概还是因为离教招考试还很遥远，我每天想的居然都是和沈以诚、林祺一起去吃什么。

终于结束了课程，我回到家休息了两天。闲来无事，我琢磨着：不知道还有什么暑假工可做？毕竟都8月了。

百无聊赖之际，我随意点开了一个宣传我们县文化旅游的微信公众号，翻找了一下，看到一个招聘信息，就随手添加了对方的微信，心里想着碰碰运气，说不定真的有暑假工可做呢。

那个微信号通过了我的好友申请。在聊天中我才知道，对方是一位私立大学的老师，也在自己创业，挺厉害的，而且爱好传统文化。他推荐我添加了另一个微信，说那位老师办了个国学暑假班，主要面向小学生，刚好符合我们接下来要从事的小学老师这一职业。现在还在招暑期兼职，地点在县城，为期18天。我和沈以诚聊天时提到这件事，沈以诚让我帮他问问能否也一起去。

添加了那位老师之后，我才知道原来那位老师姓杨，她致力于传承与弘扬传统文化。这次办的国学暑假班除了国学，还包括美学。国学部分包括德音雅乐、经典读书会（主要内容是《弟子规》和《常礼举要》）；美学部分包括旧物改造、轻食制作、剪纸、茶道、花艺、扎染、布艺，听起来很不错。杨老师说我和沈以诚可以一起去，主要工作内容是给教授这些技能的老师当助教，然后收拾整理工作室。我跟沈以诚说了之后，他感到很开心。

## （二）

我和沈以诚跟杨老师约好了见面时间，她让我们直接去工作室，也就是国学暑假班那里谈谈细节。到了工作室门口，我们见到了杨老师。她穿着一套天青色的连衣裙，头发轻轻挽起，插了个小簪子，极具古典韵味，气质非凡。她推开门，映入我们眼帘的是古色古香的陈设：工作室一楼大厅中间放置着一张古琴，墙上挂着一些书法、国画，还有精致的剪纸和中国结，角落里还有一面鼓和一间挂满汉服的储藏室。二楼则是孩子们学习国学和美学的教室，多媒体设备和黑板一应俱全，有几张桌子和椅子，和电视里看到的古代私塾的桌椅别无二致。角落里还放置了精致的茶几，上面的茶具也都很精美。

“这里真好。”我点点头，感叹道。杨老师微笑着说：“是吗？那等暑期兼职结束了，你们也可以常来坐坐。”

暑期兼职开始了，接下来，我和以诚兄将化身为国学暑假班的助教，也算是为弘扬传统文化出了一份力。

在暑期兼职的这些日子里，我们收获良多，不仅仅是工资，更多的是我们学到的内容。虽然我们是助教，但其实不少技能对我们来说还挺陌生的。不过，有的上手也挺快。比如扎染，我和沈以诚都是第一次接触，但在老师的讲解下，我们学会了用不同的折叠方法，系上不同形状的扣子、石头等，泡在染浆里再摊开，就会形成不同的图案。比如茶道，我们进一步了解了六大茶系和三道茶的泡法，深感中国茶文化博大精深。再比如花艺，我们学习了插花和包装花束。虽然看起来似乎是女孩子才喜欢的东西，但喜欢美好的事物不分性别，一束花的仪式感永远不会过时……

18天很快就结束了。这些日子充实而有意义，我们收获颇丰，我还挺舍不得的。沈以诚也说，他也是。不过接下来，我们就要面对过渡期的工作了。他找了一家县城的公办小学，准备去当代课老师，而那家小学生培训机构也在等着我。一切都是未知数，虽然只是过渡期，也愿一切顺利。

## （三）

说回我的大学舍友们，除了林文宇去了一家私立小学代课，其他人都去了公办小学代课。我们201宿舍的几个都没考上，不过大家都打算边工作边备考，等着来年再战。林文宇说他去的那家私立小学工资很高，环境也好，考不考都无所谓。

我去的那家小学生培训机构是新开的，所有设备都是崭新的，一共有四层楼，教室按年级划分，环境很好。这天我跟老板面谈之后，她跟我说下周一就可以去上班了。在这个培训机构，我重新认识了一个朋友（新同事），名叫肖林。我们虽然初中时不在同一个班，但关系就不错，只是后来高中不在同一个地方读，联系变少了。这次因为一起在这个机构上班，接触变得多了，也发现有很多共同话题，聊天相处十分愉快。我也很高兴重新认识了这位朋友。

周一来得很快，今天中午没有安排我值班看孩子午休，所以我晚上才去上班，白天基本都在睡觉、玩手机。

傍晚6点吃完饭，我6点20分赶到机构，开始准备6点半的上班。我被安排在三年级的教室，学生们陆陆续续地来了。他们有不会做的作业就问我，我给他们讲解；做完作业的学生我可以让他们抽背课文、听写，或者用机构里的打印机打印习题给他们做。总体来说还是比较轻松的。在这里，精神压力小一些，任务也少一些，正适合我这种处于过渡期的备考生，虽然我现在还没开始复习。

周一、周三、周五晚上，我每晚讲半小时的作文方法讲解课。因为只是讲解，不用让学生写作文，自然也不用改作文，所以感觉挺轻松的。

等到了周六，完整的作文课开始了。我觉得备课、讲解作文课的过程和看学生写作文的过程还挺轻松的，但批改作文就比较费脑子了。我还需要写下详细的评语，并把作文打成电子稿发给老板。这个老板的要求比我大二暑假时那个作文班的老板要多一些，我也感觉要比那边辛苦一些，不过工资也比那边高一些。果然，付出和收获是成正比的。

国庆节假期时，陈凯和林文宇来找我玩。我提前去菜市场买了饺子皮和胡萝卜、香菇、芹菜，然后我们三个在我家包起了饺子。说来也挺搞笑，三个大男生居然会想到包饺子这种娱乐方式。在我们三人中，我是最会包饺子的那一个，我教他们之后，林文宇包得还挺快，陈凯则勉强包了几个都不成型。包完饺子之后，林文宇很娴熟地煮起了饺子，陈凯笑着说："算了，这我真不在行，我还是负责吃吧。"之后毫不客气地连吃了两碗。

吃完饺子，我们三人坐在客厅里，聊聊各自的近况。陈凯考上了专升本，在附近一所挺不错的本科院校读新闻学。他说也加入了那边的文学社，但没什么活动，本科的学业确实会多一些。林文宇在私立小学里教二年级，他说班里的孩子挺可爱的，就是还得上晚自修，挺辛苦的。不过教师食堂和宿舍条件都还不错。他女朋友去年就开始在他附近的一所小学工作，环境很一般。俩小情侣就这么过起了双宿双飞的生活，也在考虑婚事了。

吃完饺子后，我们一起去了一个庄园逛了逛。那里有一个博物馆，陈设着一些健身器械，风景也不错。逛了一会儿，天色不早了，他俩便准备搭车回去了。

“有空再约啊！”我拍拍他们的肩膀。“一定一定！”他俩笑着回应道。

## （四）

国庆节结束后的第一个周末，就有教师招聘培训了。这次可以选择在县城上课，我给机构老板请了假，和沈以诚、林祺再次相约。

县城的培训班相对于市区的培训班人少了很多，而且听说有的人报了班但没来培训。我想，花了钱的，怎么能让自己吃亏呢？还是得来好好学。

事实证明，我只做到了第三个字——“学”，甚至还没怎么学，主要是做笔记。我一向秉承“好记性不如烂笔头”，先用笔记下来再说。如果能专心，那我就认真听；不能的话，那也没办法，那就靠后期看书，不懂就问。

这次的培训课就这么连上了几个周末，后来才是提高班阶段。提高班阶段可以选择在家上网课，省得还要奔波。

11月底的某一天，小洲给我打电话，说想来我妈工作的小学实习。他在外省的一所大学读汉语言文学，目标也是当一名小学语文老师。因为读的是本科，所以比读专科的我晚毕业，现在才刚要实习。“没问题的，小洲，我这就跟我妈说说。”我爽快地答应了。我妈也爽快地答应了，把小洲安排到了她自己的班上，有时还让他帮我妈改改作业。

由于我每天早上都要睡到日上三竿才起床，更别提读书了，于是我妈给小洲派了个任务——每天早上9点叫我起床读书，而乖巧的小洲也照做了。“逍遥，你可别再开玩笑了！没人有你这么能睡的！从今天起，你每天最晚只能9点起床，好好读书，不然小心我请你吃‘竹笋炒肉’！”我妈发飙道。“是啊，你看看你，除了上教招培训，平时连书本都还没翻开，这样怎么能考得上？得抓紧了，有的人都读了十几遍呢！”我爸也附和着。唉，他们俩真是妇唱夫随啊。

从11月底开始，我终于正式开始复习教师招聘考试的知识点了。日子平静地流淌，我每天就是读书、去机构上班，偶尔跟朋友出去吃点儿东西、聊聊天、打打篮球，在家看看书、看看电视。就这么从11月底一直到第二年4月教招考试前，我一共读了四遍书。第一遍是浏览，第二遍是浏览加做题，第三遍是精细背诵，也就是死记硬背，第四遍是通读。这样比起人家读十几遍的，真的是太少了，但我相信自己，毕竟不同的人有不同的学习方式，适合自己的才是最好的。读到后面，我教育学已经滚瓜烂熟了，但心理学我感觉还是比较抽象，不那么好掌握。于是我通过做案例分析题来强化、巩固知识点，其他部分的知识点我也没有落下。考教招前，我跟机构请了三个星期假，打算在家全身心投入“备考大业”中。

在备考期间，我也跟赵嘉楠聊过天。她说她在准备考军校。考军校需要考语文、数学、英语、物理、化学、政治，她英语学得较吃力些，所以得更加用功。她说，部队请了老师给他们培训半个月，她自己再多努努力，应该没什么问题。

## （五）

万事俱备，只欠东风，现在只等教招考试了。今年的教招考试又是在4月中旬，也依然是我妈陪我去。我们提前一天住在市区大舅家，第二天是我舅妈骑电动车送我去考试。我妈像去年一样，又去隔壁县找她的同学，还跟我说：“明年等你考试我再陪你来！”“呸呸呸！”我摆摆手，“拜托老妈，你说话就不能吉利点儿吗？你这么说的意思岂不是我今年还是考不上？你应该说，你明年可以特意去找你的同学！”“行行行，我说错了成不？”我妈自知理亏，嘶了嘶嘴。

早上考的是专业知识。考试开始了，我紧张得手心有些出汗，不过我吸取了去年的教训，做选择题时遇到不确定的选项，我依旧相信自己的直觉，没有再改。

做到一半，我突然发现考卷背面还有一道15分的案例分析题。于是我赶紧飞速把题答完，根本来不及思考，因为后面还有教案和作文。权衡利弊之后，我决定先写作文。写完作文，时间已经所剩无几，我的教案还有好几个步骤没写完。唉，完了。

考完试，我垂头丧气地走出考场，心想今年没戏了，明年再来吧。“逍遥！逍遥！”后面有人叫我，我转过头去，发现是林祺和沈以诚。他俩昨晚就住在同一个宾馆，现在正要去宾馆午休。“你情绪怎么这么低落？”林祺问。“唉，我明年再来吧。”我叹了口气。沈以诚重重地拍了下我的肩膀：“什么话？怎么就明年再来了？要有信心！”“别提了，我教案没写完！前面有不少选择题也不确定，案例分析也没怎么思考就下笔了，我都不知道我在写啥！”我义愤填膺，但确实也怪不了别人，只能怪自己没有好好把握时间。

他们一通安慰之后，我的情绪好了一些，但还是觉得心里很累。跟他们道了别，我继续一个人走着，打算找家店吃个午饭，然后打个盹。在路上，我突然想给赵嘉楠打个电话，也许她的安慰能让我心情好点儿，虽然不确定她此时有没有带手机。

电话居然通了，赵嘉楠接了起来。我一顿叹气，她连连安慰，并说她也刚考完试。今天是军校考试的军事技能考核，她射箭时第一箭偏了，还好第二箭正中靶心，把分数救了回来。“你看，第二箭救了我。所以你要相信自己，下午不是还有一科吗？万一下午你考好了呢？别放弃，你还是有机会逆风翻盘的！”赵嘉楠清脆悦耳的声音通过电波传来，似乎给我注入了一剂强心针。“我……我真的还有机会吗？可是下午的那科……我也没有把握……”虽然我情绪好了些，但还是怀疑自己。“我相信你，你一定可以的！”赵嘉楠大声说，“咱们一起加油！”“嗯……好。”我回答得依旧没什么气势，因为我依然在怀疑自己，但情绪确实好多了：无论如何，下午还是要好好考试。

我找了一家环境比较整洁卫生的餐馆，简单地吃了饭，然后定了闹钟，趴在桌上睡着了。打盹醒来之后，我走路去考场，差不多快到考试时间了。我长长地呼了一口气：希望下午顺利吧。

考卷发下来，我先看了一下法律题——居然是我最不熟悉的《学生伤害事故处理办法》。老实说，我的心已经凉了半截。再看了一下别的大题，今年那个我没背熟的《新时代教师职业行为十项准则》居然考了大题？天哪，我瞬间感到透心凉。

但也没办法，兵来将挡，水来土掩，现在怕也没用了，只能硬着头皮答题。最悲哀的是，选择题也有不少题目我不确定。不过不知道为什么，我下午好像没有上午那么紧张了，唉，听天由命吧。

考完试，我妈直接带我一起搭车回家了。听了我的倾诉，她安慰道：“没事，咱们得越挫越勇！”唉，话虽这么说，但想到还要煎熬一年，读一年书，打一场胜负难料的仗，就觉得心里很累。但也没办法，是我没安排好时间，是我咎由自取。

# 第二十五章、念念不忘，是否有回响？

那些不起波澜的日复一日，
是否能看到坚持的意义？

## （一）

考完教招考试，我又回机构继续上班了。这天，我在路上遇到林祺，他问我：“逍遥，考得怎样？”“唉，别提了，教案没写完，我感觉不行。”我无奈地耸耸肩。“那你如果今年没考上，是全职备考还是继续在机构？”林祺问。“在机构啊。”我无奈地回答道，虽然不想诅咒自己今年没考上，但还是得面对现实，“对我来说，全职备考压力太大了。那你呢？感觉怎么样？”林祺笑着回答：“我对了答案，感觉还可以，应该能通过。”我顿时充满羡慕：“哇，真好。祝你好运！”我顿了一下，又说：“当然，也祝我好运，希望奇迹能降临在我身上。”

考试成绩需要等一个月才公布。在这个月的前半个月，我很无所谓，上班之余就跟小洲一起下下棋、打打篮球，或者自己在家看看书。但后半个月，随着出成绩的日子越来越近，我心里也越来越紧张、焦虑。我知道自己肯定没戏了，但又抱有幻想。其实最开始，我本来想着，如果能考前面一点儿就好了。结果临近考试前一天，辗转反侧的我，想着——如果能考上就可以了，名次不奢望。等考完试，我想着，算了，无力回天了，只求就算没考上，排名也不要太靠后面。

可是，接下来的日子，我做了好几次噩梦，都很真实。第一次我梦到自己考了第157名，心情十分沮丧。两个朋友一边走楼梯一边安慰我，我走着走着，一个趔趄，差点儿滚下楼去。第二次我梦到自己考了第118名，心情十分沮丧，一直向外走，走着走着居然迷路了。第三次我梦到自己没考上（没梦到具体名次），整个人瘫坐在椅子上，别人叫我我能听得到，张开嘴巴却发不出声，无法做出回应……

这些具体又真实的噩梦，导致我每次醒来都一身冷汗。而且最近，遇到的每一个数字我都觉得会是我的成绩或者名次。比如超市购物付款31元，买书105元……我总会不由自主地把生活中的每个数字和教招考试成绩挂钩，所以我每天都在担惊受怕。

不过，这种日子快要到头了，因为明天就要出考试成绩了。

今天傍晚，我想着想着，心态还是崩了，跟我爸妈倾诉。我爸说："有就好，没有就算了，还年轻，还能考，不是可以考到35周岁吗？”我妈说：“如果没考上，可以考虑一下报‘三支一扶’或者服务社区。再不行的话，继续在机构上班，做好再一年的过渡，或者去私立小学也不错，工资高。”“十分感谢爸妈的安慰，再说吧。”我无奈地耸耸肩。

今晚，我妈做了一顿十分丰盛的晚餐，鸡鸭鱼肉样样俱全。我惊讶：“这是怎么回事？”我爸妈毫不客气地说：“怕你明天查完成绩后吃不下饭。”呃……说得好像有道理，我竟无言以对。

这一晚，我辗转反侧，难以入眠。我已经可以想象到，去年的画面会重现，甚至会出现更加糟糕的结果……

隔天，5月12日，9点就可以查成绩。我睡醒后知道已经可以查了，但我却没有勇气去查。许多朋友来问我，他们有的参与了考试，有的考上了，有的没考上。有一位学弟跟我说：“学长，你不敢查的话，我帮你查？”“不用了，我还是自己来吧。”我婉拒了他的好意。到了10点多，我还是硬着头皮去查了，查的时候，差点儿连眼睛也不敢睁开……

结果！在我旁边一直盯着电脑的我爸说：“第一名！”啊？我一脸懵：确定不是倒数第一，是第一？

我和我爸揉了揉眼睛，我尖叫起来，一直拍自己的手臂，掐自己的大腿，才确定这不是做梦，是真的（当然，连考第一的梦我也没敢做过）。我妈也赶紧过来，把成绩单拍了下来，一家三口激动得差点儿涌出泪水，开始开心地回复微信上和电话里亲友们的询问……

后来的事情，让我得到了从未有过的待遇——教招培训机构让我去开状元交流会讲座，还没考试的学弟、学妹们和还没考上的小伙伴们争相找我借材料、笔记，或者问我学习经验，我的亲朋好友们都为我感到无比的高兴……

得知成绩后，我终于去对了答案，发现原来是选择题近乎全对了！这……大概就是运气？

回想这段时间，噩梦终于结束了，那么多场噩梦换来了如今的美梦。不对，这不是梦，这是真真切切的、美好的现实。

## （二）

林祺也考上了，他刚好是第18名，我们这批一共招18个人，他很险，当然，也很幸运。可惜沈以诚没考上，他考了第41名，比林祺差了2分。我们县竞争激烈，大家分数咬得很紧，有时两名之间差0.1分，有时还有并列的情况，所以差了20多名只差2分也不稀奇。沈以诚说接下来他打算继续在原来代课的小学里代课，备考得更认真一些。

接着，我在机构上班上得更开心了，甚至还有点儿舍不得机构的学生们。不过，接下来，崭新的生活在等着我。我建了个微信群，发动了一些朋友和教招培训机构老师的力量，召集到了今年我们小教语文的18个新老师。大家在群里互相分享教育局网站的公告和需要递交的相关材料格式等，毫不吝啬，整个群其乐融融。

寒假前，我和林祺相约一起去教育局交相关材料进行资格复审。资格复审通过后，说政审要等下个月，看来时间还很宽裕。于是我们决定一起去旅游。

去哪里旅游呢？我们祖国地大物博，风景秀美的地方比比皆是。我们商量了一会儿，最终一拍即合，锁定了云南！彩云之南，风景甚美，我们可以去那里领略风土人情，开阔眼界。

我们再三思考后，决定报个旅游团。虽然跟团基本每天都要早起，时间上不够自由，但不用动脑筋（门票、酒店、交通一条龙服务），而且还能通过导游的讲解对当地的风俗习惯有进一步的了解，这样方便很多。

林祺在网上找了个评价蛮高、看着挺靠谱的旅行社，经过家人的同意，我们便跟旅行社的客服报了名。还好这个旅行社天天发团，不需要受时间限制。我们报的是十天九晚的行程，心想：好不容易去一趟云南，得玩得尽兴点儿才行。

出发之前，客服交代了注意事项，并建议我们带一些需要的物品（足够的换洗衣物、护肤品、防晒霜、雨伞等）。我们于出发前一天晚上收拾行装，怀着既紧张又期待的心情出发了。

第一天，我们到了厦门高崎机场，还要安检、办托运手续等。我们靠着一路的询问，终于顺利地到了飞机上。第一次坐飞机的我感觉就像“刘姥姥进大观园”一般，觉得一切都很新奇。飞机上手机要开飞行模式，不能上网，不过还是可以拍照的。我就拍了些窗外的景色，这可是我距离天空最近的一次！

历时近三小时，我们终于到了昆明长水机场，感觉这个机场好大啊。我们走了挺久才到了拿行李的地方，然后旅行社派车来接我们去酒店住了。到了酒店，签过合同，交了旅游全款，我们休息了一会儿。快到傍晚时，我们便自己先去了离酒店最近的景点——官渡古镇逛了逛。

这天，我总算见识了云南和福建的时差，云南的晚上七八点就像福建的下午四五点一样。官渡古镇整条街店铺林立。我们先到了一家店吃了昆明特色——过桥米线。

解决了晚餐，我们继续往下逛。有一些风格鲜明的建筑物，风景还不错。然后我们买了些小吃，又在路边看匠人吹糖人、画糖画，觉得还挺有意思的。

回到酒店，我们吃了小吃，早早就睡了，因为隔天很早就要起来前往下一站。时间较赶，又得早起，这也是跟团的弊端，不过跟团倒是安全多了，而且也可以听导游的讲解，可以很好地了解当地文化。

第二天，我们的旅游行程正式开始了，我也做好了慢慢了解云南的准备。导游姓黄，我们叫他“皇导”。他说会带着我们玩到第四天早上，等第四天下午到了丽江，就会换一位丽江的导游。

今天，我们来到了昆明石林，这里是喀斯特地貌，是5A级风景区，也是一片美丽的自然景观。检票完毕，我们坐着电瓶车到了大石林，来了一个专门负责介绍石林的导游，我们叫她“阿诗玛”。

在石林，几乎每一处人都特别多，到了上亭子的时候，我感觉自己都要被挤扁了。石林顾名思义，便是“石头林立”，三分靠景，七分靠想象。我们看到了“吉祥三宝”，看到了各种“动物”，看到了“阿诗玛”石（石林最具代表性的景观），还看到了“阿诗玛和阿黑哥”石……我们不仅聆听了一块块形态各异的石头向我们诉说的一个个故事，还欣赏了好看的歌舞。

我们吃完午饭，到了一个品茶卖茶的地方，这里都是普洱茶，有生茶和熟茶。熟茶味道比较浓，颜色也比较浓，生茶的颜色则比较淡，品尝起来有一种茉莉花的清香。

接着，我们到了楚雄彝族自治州，打算品尝特色野生菌火锅。野生菌火锅以鸡汤做底，除了野生菌外还有不少配菜。

第三天，我们来到了美丽的大理。到了大理后，我们先来到洱海。洱海其实并不是海，而是一个湖泊，呈狭长形，宛如一轮新月，静静地依卧在苍山和大理坝子之间，形状就像一个耳朵，故而取名为“洱海”。

我们坐着玻璃钢游艇在洱海上游览，海风很大，不过我们拍照的热情并不会因此受损，可惜天气有些阴沉，不然景色会更美。

到了对面的罗荃半岛，这里的景观以寺庙为主，我们坐电梯到了最顶上（不是我们懒得爬，是因为只能坐电梯）俯瞰整片海和整个岛上的景色。

游览完罗荃半岛，我们又乘船到了大理古城。大理古城位于云南西部，西依苍山，东临洱海。漫步在大理古城的街道上，我们一边听着导游的讲解，一边欣赏古城的一砖一瓦。

玩怎么能离开吃呢？当地的小吃必须尝尝！于是我和林祺买了大理的特色小吃烤饵块，在路上就直接吃掉了。

接着，我们来到了花海，这里的花特别多，特别美，还有很多“网红”景点供人拍照。当然，还是那句话，天有点儿阴沉，不然景色就更好看了。同团的几个女生兴奋地拍起了照，而我跟林祺两个大男生也不大好意思拍照，只是拍点风景留个纪念。

游览完花海，我们开始了下一个行程，就是乘坐超酷的吉普车环洱海。我总算见识了吉普车的狂野，司机师傅实在是开得太快了！到了洱海岸边一处，我们便开始用吉普车当背景，拍了一些酷酷的照片。

下关风，上关花，苍山雪，洱海月。在这里，邂逅云南的风花雪月，时光变得宁静而慵懒。

第四天，我们坐了蛮久的车，从大理到了丽江，导游也换了。

新导游的名字很长，我们整个团的人只记得一个字——“紫”，于是他让我们叫他阿紫。

下午，我们终于来到了丽江。到达丽江的第一站是拉市海，导游说这里有我们在云南唯一一个玩的项目，就是骑马，历时还挺长的，走丽江部分的茶马古道。

刚上马时我一点儿都不紧张，不过骑着骑着突然有点儿紧张，因为我骑的那匹马突然大叫了好几声。带我们骑马的阿姨说，我这匹马是一匹最年轻的马，又比较好胜，怕被后面的马超过了，就叫出了声。

骑马实在是太酷了。我小时候虽然也骑过，但只是绕了一圈拍了个照。在这里边骑马边看沿路的风景，和当时只是绕了一圈拍照的感觉那可是差太远了。

今天的晚餐蛮丰盛的，是马帮菜，其实也是火锅，料很多。

晚上便是观看表演了，我们安排看的表演是《丽水金沙》。早就听闻《丽水金沙》非常震撼，今日亲眼欣赏，的确精彩绝伦。表演中以歌舞诗画的形式展现了风土人情，实乃视觉盛宴！

欣赏完表演，我们便去逛丽江古城了。丽江古城的夜景很美，店铺很多，还有一整条酒吧街。

## （三）

第五天早上，我们到了束河古镇。这里比起丽江大研古城少了一丝繁华和喧闹，多了一份清静。我们漫步在束河古镇，欣赏沿途风景，还欣赏了四方听音广场的表演。

下午，我们带上羽绒服，备好氧气瓶，准备出发前往玉龙雪山。在车上，导游先教我们使用氧气瓶的方法，还告诉我们如何科学合理地吸氧。

接着就开始排队检票了。天哪，这绝对是我目前见过的排队人数最多的景点！这次我觉得自己不只是被挤成照片了，可能要被挤成邮票了（邮票更薄）。

终于轮到我们检票了。检票结束后，我们乘坐雪山索道到达了海拔4506米的冰川公园，决定沿着栈道爬到人类可征服的雪山最高海拔处——4680米。在爬栈道的过程中，我拿着氧气瓶猛吸氧气，因为确实有些高原反应——头有点儿晕、耳鸣、耳朵痛。而且，因为爬山，我气喘吁吁的。但为了到达最高点，我告诉自己要坚持！这就像学习一样，如果你觉得很累，但你要知道，那是因为你在走上坡路！所以，不能放弃，就像我当时备考教师招聘考试一样！

由于季节的原因，雪山上的雪很少，但我依然很激动，因为这是我第一次亲眼见到雪。终于，到了海拔4680米处，达成目标！这时候，怎能不来张留影呢？此时此刻，我多想大声唱起“玉龙雪山，闪耀着银光”，但实在是太累了，唱不起来。不过，累并快乐着。

乘坐雪山索道下山后，我们来到了蓝月谷。这里的水是从雪山上流下来的，有一种渐变的颜色，蓝绿相间，非常漂亮。

回到酒店，我的高原反应还没完全消除，不过经过休息也好了些。

这天，已是旅程的第六天了。今天早上，我们坐了很久的车，一路颠簸地来到了泸沽湖，我居然晕车了，因为山路实在是太弯了！到了服务区，林祺搀着我休息了一会儿，终于差不多恢复了。今天又换了一位新导游，可以看出他脾气火爆，性格非常直爽。他是他们村里的副主任，于是我们都叫他“主任”。

泸沽湖位于云南和四川的交界处。导游说泸沽湖的居住条件比较差（因为凉山是全国十大贫困县之一），但风景绝对不会让我们失望。到了泸沽湖，映入眼帘的是绝美的风景：天蓝蓝、水清清，看得人心旷神怡。

我们乘坐猪槽船游览泸沽湖（我和林祺也分别体验了一下划船的感觉），看着泸沽湖宜人的风景，实在是心旷神怡。泸沽湖的湖水清澈见底，据说能见度有9米，而且可以舀起来直接喝。我亲身试验了一下，甘甜爽口，确实很好喝。我还认识了一种花，只在泸沽湖生长，叫做“水性杨花”，很漂亮。

晚上，我们吃了一顿丰盛的晚餐，我和林祺一致觉得烤鸡最好吃。

吃完晚餐，我们在马帮大院观看了篝火晚会。一开始是一群人围成一圈，围着篝火跳舞，后来也有其他游客加入其中。“一二，左脚踢！一二，右脚踢！跳一跳！”还有抠手心（男女互相表达爱意）和对歌环节，十分有趣。

第八天，我们要前往香格里拉了。香格里拉，意为“心中的日月”，是云南省迪庆藏族自治州下辖市及首府所在地，位于云南省西北部、青藏高原横断山区腹地，是滇、川、藏三省区交界地，也是世界自然遗产“三江并流”景区所在地。香格里拉整个地方的海拔都很高，所以我们准备了氧气瓶和能够缓解高原反应的巧克力、棒棒糖等甜食。

今天又换了新导游。

我们先来到了以险著称的虎跳峡。悬崖峭壁，水势汹涌，我们爬了好一会儿的阶梯才看到汹涌的水流。

然后，我们到了哈巴雪山观景台，远眺哈巴雪山。

下午，我们参观了香格里拉塔中塔。

接着，我们来到了普达措国家公园。这里是中国大陆第一个国家公园。这里海拔高，所以挺冷的，幸好旅游团发了厚衣服给我们穿。这是一个原生态的公园，总面积非常大，环境优美、空气清新，景区内有湖泊、湿地、森林、草原，还有不少牛羊马悠闲地吃着草。

第九天，我们来到了香格里拉独克宗古城。天气有点儿冷，感觉像是秋天了，但导游说，这已经是香格里拉最热的时候了。

下午，我们坐车到丽江，还要从丽江坐火车到昆明。本以为我会睡不着，结果因为疲惫，我沉沉地睡着了……

到达昆明是凌晨5点多，我整个人昏昏沉沉的，好一会儿

才缓过神来。我们吃完早餐，坐车到了昆明花之城。这里其实是一个大型的商场，也有一个很大的花园，花很美，让我宛如置身于花的童话王国。

我们跟着大部队又逛了逛商场，然后就要坐车去机场了。今天是本次云南之旅的最后一天，我们也即将返回福建。本次旅行让我感觉收获了很多——欣赏了很美的风景，了解了很多风土人情……这样的经历，弥足珍贵！

坐在返回福建的飞机上，我想着生活又要步入正轨了，心中有些不舍。但旅行也只是生活的一小部分，我们终归是要过好自己的生活的。彩云之南啊，今生有幸，与你邂逅。再见，云南！

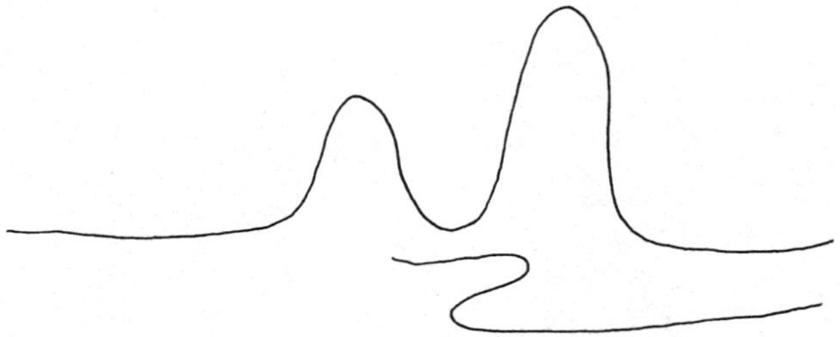

# 第二十六章、新征程开启.

生活美好，又值得期待.

## （一）

从云南旅行回来，我感觉我的钱包快要亏空了，所以我决定继续在机构的暑假班兼职，而且我想要连轴转，课越多越好，因为……我需要工资！我需要钱！

于是，我早上在机构教两大节高年级作文课，下午教两大节国学课。平时我也会翻看《论语》《常礼举要》等书，继续补充我那略显贫瘠的国学知识。如此高强度地连续上课，上到后来我的喉咙都有点儿沙哑了。

这个暑假，在我的介绍下，林祺也来到机构上班，他教中年级作文。另外，还有一个女老师教幼小衔接，一个女老师教英语，另一个女老师教书法。小洲也在我的介绍下来了，他教中年级数学。小洲今年刚毕业，因为本科要读四年，他没考上教招。公务员笔试过了，但可惜面试差了一名，所以他这个暑假打算先兼职一段时间，再考虑下学期找新工作的事。而高年级数学则是老板自己教。老板是万能的，当过语文老师也当过数学老师，所以教语文、数学都不在话下。

这天，我觉得我的喉咙真的太沙哑了。正常说话还行，但给学生上课需要大声一些，戴麦克风也无济于事，这可咋整？小洲建议：“逍遥，你可以找个人来替你上几节课啊，比如国学课，这样你就能轻松点儿了。”找谁好呢？同机构的老师也都有自己的课，而我那些读师范的朋友很多都不在本地发展，唉，找人替课还真是个令我头疼的问题。

我绞尽脑汁也想不出办法。这时，初中同学魏雨琳突然给我发微信，问我关于我们学校的小学教育专业，说她表妹想填报我当年的志愿。我解答完之后，突然想到——这不就现成的替课老师吗？不过，她有没有当老师的经验呢？

我把我的想法告诉了她，她说她大学时做过兼职家教，感觉帮我替课应该不是什么难事。我又征求了老板的意见，老板也同意了。不过上了三节课之后，她突然接到电话，是有关部门要去她家政审，毕竟她考上了公务员。

后来我要把魏雨琳那三节课的工资结算给她，她说不用了。经过我的软磨硬泡，本来一直推辞的她才同意让我请她吃饭以示感谢。魏雨琳现在虽然比初中时健谈了不少，但感觉仍然有些容易害羞。于是，我还叫上了机构同事好友肖林一起吃饭。

我的喉咙经过最近几天的休息和大量喝水之后，终于有所恢复。就这样，我还算顺利地上完了暑假班。上到8月初，我们进行了入职体检，顺利过关之后，就等岗前培训了。我和小学同学许强、陈斌又约了一次旅游——安徽黄山。趁年轻，多出去走走，看看风景，见见世面也是好的。

## （二）

旅游三天回来后，我便乖乖在家休息，等候岗前培训了。听去年的几位本县学长、学姐说，岗前培训在进修学校，那里的吃住条件都不错，我满心期待。

岗前培训时间到了，我和林祺一起打车去了进修学校。我还遇到了几个许久没联系的初高中同学，才知道他们有的是小学其他科目的老师，有的是初高中或幼儿园老师。

这几天的培训，吃住舒心，我感觉自己受益匪浅。小学语文教师中，男生只有我和林祺，偏偏我们的座位还隔得老远。不过，我因为拼单买饮料认识了后桌的两位免费师范生兄弟。他们性格仗义，我便和他们称兄道弟起来。他俩都毕业于我们本市的师范大学，可见当时高考成绩相当不错。这两位兄弟中，一位叫程小强，和我是同一个镇的老乡，接下来要被分配到我们隔壁镇的一所小学；另一位叫潘凌彬，家住县城，接下来要被分配到县城的一个城中村小学。虽然那所小学不是县直属，但属于城关，因为潘凌彬面试时是免费师范生中的第一名，所以可以选择距离县城最近的地方。说起来也巧，这位仁兄大学时和我的工作搭档陈凯一起做过兼职，还是我另一个朋友的好哥们儿。

培训的最后一天是选岗。今年县城没有岗位，所以我选择了老家的中心小学。我们在老家建了新房子，既满足了我爸“归根”的心愿，也能更方便照顾爷爷、奶奶，而且老家村子离我和爸妈各自的工作单位都不远。林祺的名次是最后的，只能在大家都挑完之后再选择。他选到的小学是一所较为偏僻的村小，不过听说那所小学工作轻松，乡村补贴也高，这样看来倒也不错，他很满意。

选完岗后，我们拿到了介绍信和聘用合同空表。几家欢喜几家愁，因为不少人没有选到自己喜欢的岗位，不过没办法，都是按照名次来选择的。所以，我觉得自己还是挺幸运的。工作岗位都在本县，大家在教师招聘考试时肯定都认为能考上就好，不管在哪里都行吧？

接着，我们便等待自己所在的学区通知报到。到时还要带不少材料——毕业证、医保卡、聘用合同一式四份等，接下来的事情听说还挺复杂的。

报到的日子到了，我们交完材料，开完会，便去各自所在的小学报到了。和我考到同一个小学的是一位女生，看起来瘦瘦的，有些腼腆。还有一位跟我毕业于同一个大学的学妹今年考上了“三支一扶”，岗位就在我们镇的一所村小，也挺好的。

我们到了中心小学之后，感觉学校环境挺不错，校长看起来也很随和亲切。他告诉我们，中心小学是全镇最好的小学，但工作压力也是最大的。“年轻人啊，还是要吃点儿苦的！”校长语重心长地说。

看着小学里的一草一木，我微笑了起来，我知道，我崭新的工作生涯即将拉开帷幕……

最近，我跟赵嘉楠也时不时地聊天。在聊天中，我得知她考上了军校，为她感到特别开心。她所在的片区一共1000人，军校录取100个，她考了第20名，挺厉害的！“祝贺咱俩啊，一起考上了！”我发了个“握手”的表情过去，她也回应了一个可爱的表情包。看来，我们俩要一起开启新征程了。

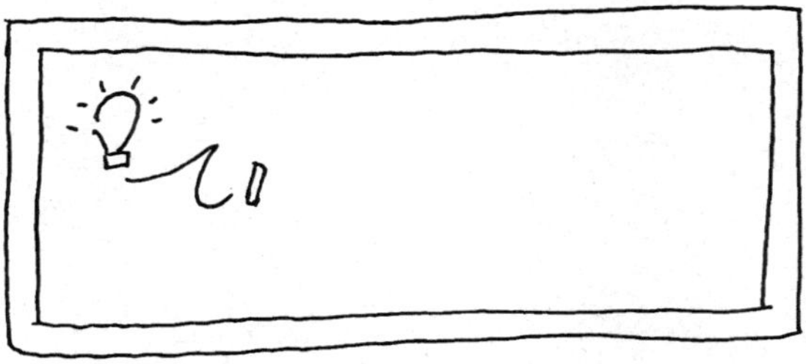

# 第二十七章、新老师上线

一个平凡的称谓，
收获不平凡的经历。

## （一）

开学前，我们提前两三天上班，大家一起进行大扫除，还做了一些材料类的准备工作。有位五年前考来的女老师跟我说，现在当老师不单是教书，材料特别多，事情也特别多，说得我有点儿慌。不过，作为资深老师（我老妈）的儿子，对于教师的工作我还是略知一二的。“亲身下河知深浅，亲口尝梨知酸甜”，不管别人怎么说，事情还是得自己做了才知道。

听校长说，我被分配到四年级（1）班，很巧的是，我搭班的班主任正是跟我说那些话的那位女老师。她名叫陈悦，我毕恭毕敬地叫她“陈老师”，她摆摆手说：“不用这么客气，实在要称呼，就叫我陈悦姐吧。”“哎，陈悦姐！”我笑着叫道。

陈悦姐跟我说了一些小学的事情，包括需要做的工作和一些领导的情况等。陈悦姐有一对儿女，大女儿读幼儿园中班，小儿子明年才上幼儿园。她除了工作还要照顾孩子，我也是体谅她，所以班级材料我会多做一些，她也很感谢我，有时会请我喝饮料、吃东西。

这段时间下来，我觉得学校里的同事们都挺好相处的，他们都很大方、耐心地教我很多工作上的事。自工作以来，其实很多事情我还是很懵，不管是在备课上课方面，还是在做材料、与家长沟通方面，很多东西我都是一知半解。还好有陈悦姐手把手教我，我因此慢慢步入正轨。

在这期间，我和赵嘉楠也偶有联系，但联系得不多，毕竟军校对手机使用有限制，发手机的时间很少。我有时会问问她去了军校是否适应，最近大概做些什么，她说他们既要上课又要训练，挺辛苦的，而且只有寒假，没有暑假。

我期待着寒假能够与她见面，算一算，我们已有两年半没见了。

## （二）

在学校里，时不时会有外出观摩教研等活动。在外出观摩教研时，我经常遇到程小强和潘凌彬。因为都是同行，也有一些共同认识的朋友，所以彼此之间聊聊工作或者生活，也能聊得来，偶尔还会一起吃个饭、散个步。

这天去公园的时候，我给程小强拍了一张他在跑步的照片，发到了朋友圈。过了一会儿，就有一位异性朋友来问：“哇，这帅哥不错，求联系方式！”我征得了程小强的同意后，把他的微信推给了那位异性朋友，心里想着，要是两人能成，那我不是做媒成功，促成了美事一桩？

事实证明，做媒并没有那么顺利。聊了几天后，程小强好像有些陷进去了，但那位异性朋友李雨璇却没感觉了。“逍遥啊，我才知道，始于颜值，不一定陷于其他！”李雨璇文绉绉地说。“行吧，李大小姐，那祝你找到更好的那个他！”我撇撇嘴。确实啊，爱情这东西并不容易，不像学习那样还能靠努力，大多还是靠缘分吧，但缘分这事儿，又是可遇不可求的。

而潘凌彬呢？他在大学里谈过一个女朋友，是外省的。彼此的家人都嫌距离太远，以至于一毕业就分手了，果然没逃过“毕业季即分手季”的定律。但他并不着急，他觉得这种事可遇而不可求，时机一到，缘分自然就到了。

而我呢？并没有任何故事，既没有追过女生，也没有被女生追过，我的感情经历确实是一张白纸。我对赵嘉楠也没有采取“追”的行动，大致就是默默地靠近，静静地喜欢吧。如今，我终于承认，我确实是喜欢赵嘉楠的。

## （三）

最近，县作协通知说市作协在纳新。我看了一下要求，发现自己达到了申请条件，心里感到十分幸福，赶紧准备起相关材料来。

过了两三个月，我收到了成为市作协会员的通知，家里人都为我感到开心。拿到市作协会员证的那一刻，我比成为县作协会员更加激动。毕竟，这又是在文学之路上迈上了一个新的台阶。

爸妈鼓励我下次申报省作协，因为对照了一下省作协的申报条件，我发现我是可以达到的，只是需要一步一个脚印，从县到市再到省，逐步来。

几天后，林文宇通知我们几个舍友，说他要结婚了。婚礼在他外省的老家举办，刚好是元旦小长假，时间很充裕。我和其他舍友相约：2020年的第一位新郎，婚礼一定要去！

婚礼现场的红毯上，林文宇身着西装，器宇轩昂，牵着他女朋友——哦不，现在是新娘了——的手。新娘一袭白纱，巧笑倩兮，美目盼兮，两个人的气场莫名契合，空气中仿佛升腾起无数粉色泡泡（我一个大男人居然能写出这种文字，好吧，被婚礼的甜蜜氛围熏陶了，忍不住）。围观的人们热烈地鼓起掌来。

我和其他舍友看得十分激动，由衷地祝福他们。这是一段从校服到婚纱的爱情，是那么难得，那么珍贵，今天终于修成正果了。

婚礼结束后，新郎林文宇忙着送客人。我和其他舍友打算在这里玩到假期结束，于是我们来到了提前订好的宾馆，收拾好东西。大家觉得好久不见，决定再去小酌几杯，唠唠嗑。

“逍遥啊，我说你，这么久了怎么还单着呢？什么时候能喝你的喜酒啊？可别让我等到下辈子！”几杯酒下肚，黄立眯着眼，拍着我的肩膀说。

“哎呀，下辈子不可能吧？不过逍遥你动作太慢了，有没有喜欢的姑娘啊？我帮你。”卢靖元说。

在舍友们的追问下，我终于说出了这些年来我对赵嘉楠的心意。

“哇，还有这事儿呢？你小子，也瞒了我们太久了吧！”张昱凡责怪道。

“得！现在给她打个电话！马上表白，就现在！”黄立抢过我的手机，打开通讯录翻看起来，“叫什么？哦，赵……赵嘉楠是吧？我帮你打，我帮你打。”

天哪！我简直不敢想象这个醉鬼会做出什么事来，说不定我和赵嘉楠连朋友都做不成了。

我赶紧抢回手机："兄弟，你醉了。"

"哎，酒壮人胆！你现在也喝几杯，就有勇气表白了！"一直没吭声的钟亦明突然说道，还抢过我的杯子要给我倒酒。

"哎……算了、算了。"我连连摆手。

"太怂了，逍遥！不然你马上发条短信，就问她有没有男朋友。"卢靖元说。

"嗯……那行吧！"我思索了一下，觉得这也不是什么尴尬的问题，于是便发了过去，心里祈祷着她千万别回复。

哪知道，赵嘉楠竟然很快就回复了："现在还没有，但不代表以后不会有。怎么了？"

这……这么模棱两可的回复是什么意思呢？我感到很疑惑。

"哦，你再问问她能不能考虑你？"张昱凡坏笑道。

"这……"我不好意思地挠挠头，"这个就算了，再说吧，看缘分。"

"好吧，行了行了，这大老爷们竟然还害羞成这样！"黄立摇摇头，"得了，不逗你了，喝酒喝酒！"

今天，我也小酌了一杯。觥筹交错间，我不禁又想起我们的大学时代。时间过得很快，我们都已经毕业一年多。今晚，我们聊了很多，直到深夜，无人入眠……

## （四）

隔天，我们醒来时已经下午1点多了。我们叫了外卖，吃完后又出去逛了一会儿。唉，时间过得真快，明天又要回学校了。

回学校之后，我按部就班地开展工作，紧接着，期末考就来临了。

期末考让我比学生还紧张，发考卷的时候，我的额头上冒出了细细的汗珠。

“别紧张啊，怎么老师比学生还紧张呢？”陈悦姐笑着说。

“我怕他们考不好，校长会怪我。”我垂下头回应道。

“没事啦，新老师嘛，这次如果孩子们考得不好，那咱们就继续努力，不要太丧气啦。”陈悦姐笑着拍拍我的肩膀，仿佛给我吃了一颗定心丸。

成绩出来了，我们班在学区总评中排第四。这已经足以让我兴奋得手舞足蹈了，因为我真的很怕垫底。

“你看，还行吧？咱们一起再接再厉！”陈悦姐拍拍我的肩膀，鼓励我。

在工作上，遇到这么好的一位前辈搭档，真是我的一大幸事。

## （五）

放寒假了，肖林约我去旅游。经过讨论，我们决定去西安。

旅游的第五天傍晚，我们坐上了返程的飞机，结束了这次西安之旅。

很荣幸能够来到这座令人魂牵梦萦的古都。在这里，虽然我们的身体没有穿越时空，但我们的思维和心灵却仿佛穿越了。李白有诗云：“长相思，在长安。”再见，长安！

## （六）

寒假时，赵嘉楠也回来了，他们军校是有寒假的。这天下午，我们相约一起去公园逛逛。她的头发剪得很短，但依然掩盖不了她的美丽，而且还多了几分英气，显得更加动人了。“跟你说啊，我真的好久没穿便服啦！”赵嘉楠调皮地吐了吐舌头，笑了笑。她今天穿了一套米黄色的卫衣，看起来干净清爽，充满朝气。“我感觉你变了一些，具体是哪儿，我也说不上来。”我笑着说。“哈哈，是军人嘛，肯定不同于学生。你也变得有老师样啦，李老师！”赵嘉楠轻扬起嘴角，我看到冬日暖阳的光线洒下来，把她的嘴角镀上了一层金黄，美好得像一幅画。

我们东拉西扯，聊聊彼此的生活，感觉有说不完的话。时间过得很快，临近6点，天色也暗了下来，我依依不舍地与她道别。

忙碌的一个学期过去了，新的暑假又到了，教招成绩也出来了。沈以诚考了第4名，他们在群里预选岗，他选了我们小学！“逍遥啊，你真是绝了，厉害啊，竟然预测到了！”我和沈以诚一起吃饭时，他笑着对我说。“祝贺你，我的新同事！”我举起了手中的饮料，与他碰了碰杯。

## （七）

暑假里，沈以诚开始忙碌起来，做着我去年做过的事情。虽然忙碌，但他感到幸福，也充满期待。开学后，我兴奋地带着沈以诚去找校长报到，并且跟校长炫耀道：“这是我的好哥们儿！”沈以诚也需要住宿，校长安排他住在我们隔壁的宿舍。

新学期我们比学生提前两天过来做开学准备工作。陈悦姐说，她这学期就要调到自己家那边去了，现在只等教育局的调令了。毕竟带两个孩子不容易，离家近一些更好。我突然感到怅然，这么好的姐姐，这么好的搭档，竟然要离开了。陈悦姐看出了我的不舍，她笑着拍拍我的肩膀说：“没事啦，逍遥！校长说，这学期你就要当班主任了，咱们班的孩子也升到高年级了。我优盘里有很多材料，你可以拷过去参考，而且到时会有更好的老师陪你，放心啦。”

温暖的话语让我更加不舍。因为最近太忙，实在没空请陈悦姐吃饭，于是，我送了她一瓶洗面奶：“姐姐，我也不太会买礼物，这个洗面奶网上好评不少，我把它送给你。”“哈哈，谢谢啦！”陈悦姐笑着接过。这时候副校长路过，笑着跟陈悦姐说：“哈哈，你家逍遥小朋友舍不得你啊！”陈悦姐笑着点点头。

就这样，陈悦姐办好手续，去了她家所在的中心小学。我开始疑惑：会有谁来跟我搭班教数学呢？

这天晚上，邻居伯伯来我家坐，跟我说：“听说咱们镇顶山中学副书记的儿媳妇要调来你们小学啊。”“哦？”调来的老师大概率是跟我同班的，于是我竖起耳朵仔细听。“那个副书记，你得叫他姑丈！”伯伯说。“那……那新调来的老师，我岂不是要叫……叫啥来着？”我一时语塞。“叫嫂子啊，你这傻小子！那是你表嫂！”伯伯大笑道。哦？所以……我跟亲戚同班？

第二天，我这位表嫂出现了。她穿着一套米白色的连衣裙，看上去是个温婉贤淑的女生。听说她已经有两个孩子了，但看起来很年轻，也很随和，很喜欢笑。我赶紧跟陈悦姐发了消息，说新调来跟我搭班的老师是我表嫂。陈悦姐为我感到开心："既然是亲戚，那工作上就更好沟通啦。"

确实如此，表嫂黄小盈是一个有经验、工作能力强又很好相处的搭档。虽然我是班主任，但她凭借丰富的经验帮了我很多，也教了我很多。我跟她是远房亲戚，本来接触较少，因为现在成为同事的缘故亲近了很多。她的一对儿女都在读幼儿园，一看到我就热情地喊着："表叔叔——表叔叔——"侄子和侄女都可爱极了，有好几次还邀请我去他们家吃饭。表嫂也笑着说："他俩都很喜欢你，就来我家吃饭吧，反正都是亲戚，不用客气！"表嫂和表哥感情基础深厚，我有时听他俩讲起他们的恋爱故事，很有趣，也很甜蜜。

这学期，我们班还来了个实习生，名叫林铭，是个活泼阳光的大男孩，跟我和表嫂都很聊得来。他也很喜欢文学和戏曲，这跟我的爱好简直一模一样。他一开始叫我"小李老师"，我说："哎呀，别客气，年龄都差不多，不然你就叫我学长吧！"于是他便叫我"学长"了，很有礼貌。"学长，这个实习表格这一栏指导老师你帮我签个名吧。"林铭掏出一张表格递给我。我接过来，看了看，签下了名字，突然有点嘚瑟。想不到年纪轻轻的我还能当上指导老师！

## （八）

这学期，我还报了驾校，是在陈斌和我爸妈的共同“逼迫”下报的。陈斌自己也报了，说那是他舅舅开的驾校，他想让我陪他一起练车。那天他来我家，好说歹说，还怂恿我爸妈一起说服我。

在我爸妈和陈斌的“联合劝说”下，我不得不走上了“驾考之路”。

# 第二十八章、时光正好

来日方长，未来可期.

## （一）

岁月无声，日子在平静中悄然流逝，不知不觉，一年又过去了。在这一年里，我申报了省作协，准备了比申报县作协、市作协时更多的表格和材料，并且由我爸层层把关。在填表的那段时间，我爸时不时就问我："表格填得怎么样了？"显得特别在意。

幸而申报通过了，只是会员证等得比较久。拿到省作协会员证的那一刻，我爸妈也为我感到无比激动，毕竟省作协听起来更有职业作家的感觉。县作协、市作协群里，大家都为我和其他新加入的成员"放鞭炮"，我也十分开心：我会继续好好写作的！

记得高二时，我获得了"中国少年作家杯"二等奖，但我是在颁奖典礼过了一段时间后才得知这个消息的。因为我当时写的联系方式是我妈的电话，她收到获奖通知后，考虑到我即将期末考，怕我分心，便把获奖通知和邀请函藏了起来。但过后她又觉得很遗憾，因为后来我在各种新闻资讯上看到颁奖典礼盛况空前，而且还安排了后续的采风活动。如果当时去参加了，一定是一段非常难忘而美好的回忆。但我后来想想，也没关系。在当时，学习确实要紧，工作后肯定还有更多的机会。现在看来，果然如此。在没有升学压力的情况下，我可以更专注地、更自由地写作。

由此，我也有了不少感慨：兴趣爱好，确实是要建立在稳定工作的前提下，至少对我来说是这样的。不然，我就得先考虑自己的温饱问题，更别提有心思写作了。

## （二）

这一年的班级工作，在表嫂黄小盈的协助下，我处理得还算顺利，没有什么大问题，而且教学成绩也还算不错。因为表嫂经验丰富，她会教我很多如何组织好课堂的知识。虽然我们教的学科不同——她教数学，我教语文，但很多教学方法都是相通的。

实习生林铭在我们班待了将近一个学期，直到有个老师因为怀孕行动不便，他才去那个班帮忙。他手脚勤快，积极阳光，工作能力也很强，深受同事们喜欢。

学校的教研活动很多，每次教研都能让人受益匪浅。六一儿童节的时候，我们学校举办了游园活动，我们班组织了“你画我猜”和成语接龙两个游戏，每个孩子都拿到了零食大礼包，个个笑得喜洋洋的。看着他们，我不禁有些羡慕，但又想：我自己不也是从那个年纪过来的吗？

新学期开始了，我开始教六年级，这是毕业班，压力更大了。林铭正式来我们小学代课了。校长本来打算安排我表嫂去带一个新老师，让林铭跟我搭班教数学，但考虑到我带的是毕业班，决定在工作上再略作调整，所以我继续和表嫂搭班。这次我们小学里来了两位新同事，都是女生。一位名叫蔡雅静，她之前是外聘老师，她的回归让我们大家都为她感到高兴；另一位名叫兰因，人如其名，充满诗情画意，看起来极有书卷气，很喜欢看书。工作之余，我们偶尔也会聊聊文学。不过，我只是把她当作志同道合的好朋友，绝无其他想法。我心里的那个女孩，一直都是赵嘉楠。

## （三）

时间过得很快，今年竟然是我们中学母校的50周年校庆了。还记得母校40周年校庆的时候，我还在读初中，那时还写了一首诗歌。最近，母校一位负责组织校庆活动的老师跟我约稿，让我写一首关于母校50周年校庆的诗歌，说要印在校史册上，还计划在校庆文艺汇演上请一些优秀学生来朗诵。这不就是让我挑大梁吗？我倍感荣幸，当然，也有压力。经过好几天的“奋战”（查阅校史、咬文嚼字和奋笔疾书），我终于完成了一首《风华正茂五十年》。发给老师看后，他很满意，又请学校里一位资深语文老师略作修改，便开始让学生排练了。

“大美锦湖之姿，钟灵毓秀……五十年筚路蓝缕，五十年春华秋实。亲爱的母校啊，您风华正茂，请允许我翻开您的历史长卷，重温您一路走来的漫漫征程……当琴弦奏响时光的音符，当礼炮点燃庆典的烟花，当镜头定格精彩的瞬间……我们一起回眸您昔日的峥嵘，我们一起赞美您如今的风采，我们一起期盼您未来的辉煌……祝您五十岁生日快乐，祝您永远意气风发，斗志昂扬！”我站在排练厅门口，看着母校的学弟学妹们朗诵着我写的诗歌，赞叹于他们的精神面貌，思绪又回到了中学时期，那段肆意洒脱的时光，给了我无数美好而难忘的回忆。

过了几天，这位老师又给我发了微信：“逍遥，我把你的微信推给一个校友了，他在给剧团写戏曲剧本，我记得你对戏曲也挺爱好的，你们可以认识一下。”“好的。”我回复。没过多久，就有人来添加我的微信了。我还以为这位写戏曲剧本的能人是位学长，聊着聊着才知道是学弟。“学长，是这样的，这次校庆文艺汇演我想报个戏曲节目。听老师说你会唱戏曲，我想让你跟一位也是咱们母校毕业的学姐唱一出《喜迎校庆》，可以吗？”编剧学弟问。“还有这剧目？”我疑惑。“用几首现成的调，唱词我来填写，要用咱们本土的歌仔戏唱法。”学弟说。“行。”我答应了。能在母校校庆的舞台上表演我所爱的戏曲是一件非常荣幸的事。我热爱戏曲，是因为它的唱词韵律之美、剧情之精彩，还有戏曲演员在舞台上闪闪发光的感觉，实在令人仰慕。如今，我即将在母校校庆大舞台上表演我所爱的节目形式，何乐而不为？

这位编剧学弟名叫陈卫东，他写完唱词后便把我拉进一个群里，群里还有另一个人，就是那位要跟我合作唱戏曲的学姐，据说比我大一届。我添加了学姐的微信，礼貌地打了个招呼：“学姐好，我叫李逍遥，接下来就要跟你搭档了，倍感荣幸。”学姐很快就回应了：“你好啊学弟，我叫徐语芳，很高兴能跟你搭档，还记得你初三时有一本《逍遥作品集》，真棒！”“哇，学姐还记得我那本作品集啊！”这让我十分惊喜。《逍遥作品集》收录了我初中三年来创作的一些散文、诗歌、小说、古体诗词，很荣幸地作为校本课程在当时的“三个一”工程中展出，后来还被收藏进了学校图书馆。“因为我也有一本，我的那本叫做《芬芳集》。”语芳学姐回复道。哇，原来这位学姐就是那位大佬啊！我顿时想起我读高一时，有位老师送给我一本《芬芳集》，据说也是收录了一位才女学姐写的一些古体诗词。我看了几遍，不禁惊叹于作者的文采。“原来是你啊，学姐！”我说。我和学姐又聊了几句，发现原来我们是同行——学姐也是一位小学语文老师。

语芳学姐和卫东学弟一起商量了《喜迎校庆》这首戏曲所用的调，最终决定把歌仔戏中的《背井离乡》《中广调》《状元楼》《擎天调》这四个调的曲子按顺序串烧到一起，由卫东学弟来填写唱词。我和语芳学姐各自记下自己那部分的唱词后，卫东学弟便开始给我们排练了。排练时，所购买的服装已到，我穿上文小生戏服，看着镜中的自己，倒也是有模有样。语芳学姐穿上花旦戏服，看起来优雅又不失娇俏。“真是俊俏小生和娇俏花旦啊！”卫东学弟看着我们赞叹道。

“看着满堂的学子，看那满斋勤读书，祖国花朵栋梁士，令人欢喜笑颜舒……愿咱同学多寸进，愿咱先生多欢心，愿咱学堂多能人，愿咱各位多风腾。”我们在母校的一间暂时空着的办公室排练。排练之余，我们聊聊戏曲和文学，还去了卫东学弟家的后山摘水果、泡茶谈天，甚是欢喜：真好，我又多了两位志同道合的朋友。

从这一刻起，我们便不再称呼对方“学长”“学姐”“学弟”，而是以“哥哥”“弟弟”“姐姐”相称，更显熟络亲切。

排练了几次后，很快便是校庆当天了。那天下午，我、卫东弟、语芳姐分别跟各自的单位请了假，早早就来到母校办公室化妆。毕竟戏曲妆容挺复杂繁琐的，专业人士卫东弟亲自为我们化妆。毕竟他除了给戏剧团写剧本，也客串过一些角色，自然也会化戏妆。

晚上，文艺汇演开始了，我们的节目排在第六个。音乐声渐起，我和语芳姐踏着步伐，舞动着水袖，开始唱了起来。唱完后，博得了阵阵掌声，我们深深地鞠了一躬。

一直记得，我每次看着舞台上戏曲演员的表演，都感觉他们光芒四射。而今天，我或许也是台下观众眼中光芒四射的人。

## （四）

某天晚上，潘凌彬给我打电话：“嘿，和你说个好事。”在潘凌彬的讲述中，我才知道原来他们学区有人给他介绍了一个女生。“哇，可以啊，兄弟，看来好事将近了？”我戏谑地笑道。“哈哈，这个我就不知道了。我们见了一次面，当时我给她送早餐，还多加了个苹果，她还有点儿害羞。不过看她的意思，应该是愿意跟我继续发展的。”潘凌彬说。“不错啊，加油，兄弟，等你的好消息！”我鼓励道。

我突然想到，是啊，现在这个年纪，确实很多朋友都开始谈恋爱或者谈婚论嫁了，有的甚至已经结婚生子了。但是，我对这些还是不太在意，我的脑海里，依旧都是赵嘉楠的影子。

这一年来，我们也是时不时地联系，就是她发手机的时间不多，不过还好也没什么急事找她，无非是分享一些琐碎的生活，互相关心问候一下。有时我们也会互相寄一些东西，比如吃的，或者手套、杯子等日常用品。慢慢地，我能感觉到我们之间的距离似乎越来越近，但是，我们始终没有人正式说出“我喜欢你”。我知道，或许需要作为男生的我先说出口，但是我还是很怕一旦真正表达出来，连朋友都做不成了，所以我还在纠结、考虑……

## （五）

为了迎接升学考，六年级的课业非常紧张，但我还是会抽空写写文章，或者在我的公众号上编辑一些别人投稿的文章。大学时认识的县高校《论语》研习社的学弟林子泉和我们大学文学社后来的助理林允学妹，都是我公众号投稿的常客。尤其是林子泉学弟，他会写一些备考经验，单单关于考教师资格证的文章就写了三四篇，内容详略得当，很有实用性，我也转发给了不少要备考的朋友。

一些平时有联系的朋友也都在自己的工作岗位上兢兢业业地工作着，假期我们偶尔会见面。比如大学文学社的搭档陈凯，专升本毕业后先在一家公司上班，负责视频制作，这倒是挺适合他这个电脑大神的。他后来交了女朋友，就是大学时那位客串主持过我们文学社活动的陈欣欣学妹。这小子还真了不起，这么漂亮优秀的姑娘竟然真的被他追到了！后来，他们俩在同一个城市工作，陈欣欣在一所幼儿园当老师。

再比如从小学到大一起玩的许强、陈斌他们，有的当了老师，有的当了公务员，有的当了医生，还有的在公司上班。平时工作忙碌，但过年我们总会聚在一起，每次发朋友圈都戏称“以年为单位的见面”。

陈小洲现在在一家私立小学上班，工作非常繁忙，上班之余也在备考教招，我经常为他加油打气。

肖林毕业后的那次考试没怎么复习，现在在一家小学代课，上班之余也很认真地在备考。

林铭在我们小学代课，一如既往地勤快、上进，工作之余努力备考、减肥，逐渐瘦成了一个帅气高挑的美男子。

还有林祺，一上岗不久就经人介绍结婚了，去年已经晋升为宝爸。因家庭事务变得更为忙碌，较少跟我相约出来，不过我们偶尔联系时也有说不完的话。

沈以诚就更不用说了，与我是同事，我们几乎天天见面。但由于不在同年级，而且工作忙碌，周一到周五我们各司其职，只能趁周末时偶尔约着出来小聚一下。

至于后来认识的好友程小强，据说他相亲多次，渐渐地我们也较少联系了，不过偶尔还会问候一下。后来见他展示了领结婚证的照片，我祝贺他，终于找到了那个对的人。

还有潘凌彬，我们假期都在县城，偶尔会相约出来看电影、打球、喝奶茶。他跟那个女生已经确立了男女朋友关系，所以跟我小聚的时间比以前少了些。见面的时候，他偶尔会跟我说一说他的感情近况，我会给予一些建议。虽然我给的建议并不专业，但为了好友的幸福，而且据他所说，相亲对象是个各方面都很不错的女生，跟他也很聊得来，所以我当然是劝和不劝分……

朋友就是这样，各自忙碌，但始终相互牵挂。

## （六）

这天早上，我接到了潘凌彬的电话：“今天没什么事吧？来我家坐坐呗。”“行啊！就是我最近喉咙有点儿痛，唉，大概是职业病吧。”我回应道。“没事，我家后院有枇杷叶，有助于润喉，管够！我来煮些给你，再煮碗你喜欢吃的螺蛳粉！”潘凌彬爽朗地说道。“好啊，兄弟这么体贴，爱情上一定会顺顺利利的！”美食当前，我禁不住诱惑，便骑着电动车前往。

到了潘凌彬家，桌上已经备好了枇杷叶汤。他让我先喝，然后便去忙活煮螺蛳粉了。我也是第一次喝枇杷叶汤，感觉很清爽，还有点儿甜。喝完后，感觉喉咙挺滋润的，确实不错。“不错啊，要是你跟那女生没成，肯定是她的损失！不对，你们肯定能成！”我说。“那可不！都已经互相见过家长了，我妈也挺喜欢她。前几天我妈过生日，她还送了一个包，我妈都发朋友圈了！”潘凌彬一边把螺蛳粉端过来，一边说，“我还加了个煎蛋，你尝尝好吃不？”“好嘞！”我开始大口嗦粉，味道确实不错。

“看来你们进展得还挺快的嘛，恭喜兄弟。放心，份子钱我已备好了！”我笑着拍拍潘凌彬的肩膀。“大概下个月就订婚了吧。”潘凌彬笑道，“到时一定通知你。还有，等我结婚了，你可得来当伴郎啊！”“哇，可以啊，一定到！”看着潘凌彬幸福的神情，我由衷地为他感到高兴。

潘凌彬的订婚宴很快就到了。因为是在女方家办的一个小宴席，他只叫了几个朋友，我很荣幸是其中之一。

潘凌彬订婚宴结束后，我带回了喜糖，满心期待着他的婚礼。

## （七）

过了一个月，潘凌彬结婚了。女方请了三个伴娘，所以潘凌彬也请了三个伴郎，除了我，还有他的表弟和他另一个当小学老师的朋友。

看着潘凌彬脸上洋溢着幸福的微笑，看着新娘羞涩而喜悦的神情，我在心里再次深深地祝福：祝福我的好兄弟新婚快乐，永远幸福！

## （八）

潘凌彬的婚礼刚好是周日，所以第二天我就得上班了。其实学生们已经放寒假了，但我们还得做期末工作。

做了好几天的期末工作，副校长通知说放假了。假期第一天，我直接睡到了下午。

赵嘉楠说，她过几天就放寒假回来了，明年6月份就要毕业了。我在想，我是否要说出那句告白的话呢？或许，她也在等我说？

过了几天，赵嘉楠发来消息：“逍遥，我明天早上就回来了，明天下午如果有空的话咱们可以约一下。”啊？我既紧张，又期待。期待的是，我终于又能见到她了，好久没见了，她一定还是那么好看吧？紧张的是，她会不会觉得我变胖变丑了？而且……如果我告白失败了怎么办？我跟她还能做朋友吗？

这晚，我躺在床上辗转反侧，难以入眠，也不知道到了几点才睡着……

隔天醒来，我赶紧洗了头，把头发吹干，穿上一件看起来较为阳光清爽的卫衣，再把发型稍微整理了一下。我们约好了下午去公园逛逛，而我也准备好了我要告白的话。

终于到了下午，我们在公园门口见面了。她穿着一件米白色的棉袄，下身配着百褶裙和黑色裤袜，还穿了一双棕色的长筒靴，头发依然是短短的，但也还是那么好看，笑得眉眼弯弯的，露出了可爱的酒窝。“又是好久不见啊，逍遥！”赵嘉楠说。“啊，是啊。”我点点头。

我们一起走进公园，绕着公园的湖散起步来。这时走到一个凉亭，我提议过去坐坐，赵嘉楠同意了。

此时，也不知道是谁给我的勇气，我突然开口了：“赵嘉楠，我喜欢你，做我女朋友好吗？”

说完后，我看她愣住了，一声不吭。唉，我就知道她不会同意，算了，那就继续当普通朋友吧，没关系，我已经直白地说出来了，不管怎样，都不会有遗憾的。

突然，她微笑了起来："你再说一遍。"

我突然惊喜，但又很紧张，于是闭上眼睛，又重复了一遍："赵嘉楠，我喜欢你，做我女朋友好吗？"

然后，我慢慢地睁开眼睛，只见她轻轻地点了点头说："好。"

那一刻，风儿很轻，湖水也很平静。我的眼前浮现出一帧帧画面，从初识赵嘉楠的那一刻，到后来与她越来越熟悉的场景……一切的一切，各种画面交织着，如梦似幻。

感谢岁月，给了我今天这份特别的美好。